馬翠蘿
麥曉帆 著

新雅文化事業有限公司
www.sunya.com.hk

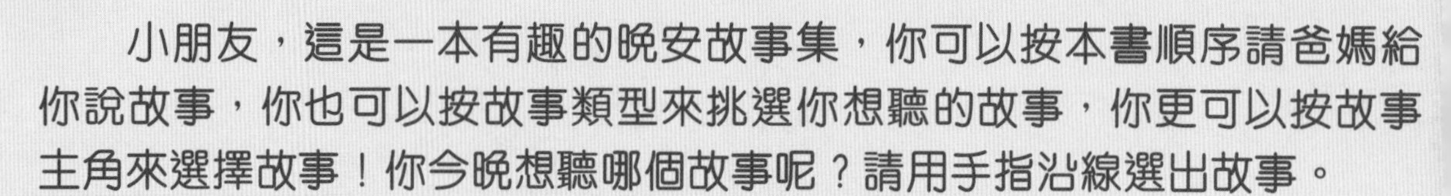

小朋友，這是一本有趣的晚安故事集，你可以按本書順序請爸媽給你說故事，你也可以按故事類型來挑選你想聽的故事，你更可以按故事主角來選擇故事！你今晚想聽哪個故事呢？請用手指沿線選出故事。

我想按故事類型來選擇

我想按故事主角來選擇

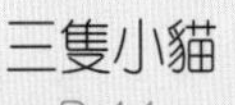

兩個好朋友

請用智能手機掃描下面的
QR code 聆聽故事。

粵語
講故事

粵語
朗讀故事

猜測故事

聆聽故事前，請爸媽與孩子從本頁的故事名和插圖，猜一猜故事的內容：

- 圖畫中是哪個季節？
- 小熊在山洞裏做什麼？牠有什麼習性？
- 小松鼠在做什麼？
- 你認為小熊和小松鼠是什麼關係？

文：馬翠蘿
圖：伍中仁

兩個好朋友

小松鼠和小熊是好朋友，他們常常在一塊兒玩。小松鼠有好吃的東西，總要給小熊留一份，小熊有好玩的東西，也總會和小松鼠一塊兒玩。

冬天快到了，小熊幫小松鼠在松樹上築起了一個結實的窩，又幫小松鼠準備了很多過冬的食物，有粟米啦、松果啦，藏在松樹下。因為到了冬天，大地上的一切都會被雪覆蓋着，就沒法找到食物了。小松鼠幫小熊修補房子，小熊整個冬天都要睡在房子裏，可不能凍着啊！

冬天來了，小熊冬眠了。

小松鼠每天去松樹下拿粟米和松果時，惦記着小熊也喜歡吃，都會多拿一份，送到小熊的家裏，小松鼠希望小熊醒來時一眼就能看到這些好吃的東西。漸漸地，小熊家裏堆了很多粟米和松果。

不久下了一場好大好大的雪，雪把小松鼠的窩壓壞了，也把小松鼠的食物埋住了。小松鼠沒地方住，沒東西吃，嚴寒的冬天怎麼過？幸好還有小熊家的房子可以住，幸好還有小熊家堆着的粟米和松果可以吃，小松鼠平安地度過了寒冷的冬天。

春天來了，天氣暖和了，小熊醒來了。他一眼看到小松鼠，高興得跳了起來，兩個好朋友擁抱在一起。

小松鼠告訴小熊冬天裏發生的故事，小松鼠說是小熊的房子和房子裏的食物救了他，小熊卻不同意：「不，是你對朋友的關懷救了你自己！」

小朋友，你們說，究竟他們誰說得對呢？

理解故事

聽完故事後，請爸媽與孩子說一說有關故事的內容：

- 小熊幫小松鼠做了什麼？小松鼠又幫小熊做了什麼？
- 為什麼小松鼠把粟米和松果拿到小熊的家？
- 小松鼠的家被大雪壓壞了！他如何平安度過寒冷的冬天？
- 為什麼小熊對小松鼠說是他對朋友的關懷救了自己呢？

知識加油站

某些動物在寒冷的季節會冬眠，即通過降低體温而進入類似昏睡的生理狀態，呼吸很弱，心跳變慢，對外界刺激的敏感度下降。不過嚴格來說，熊並非完全「冬眠」，因為牠們只是體温和身體功能稍為降低，不像某些變温動物如青蛙、蛇等，在那段昏睡的時間，身體機能幾乎是停頓下來，牠們才是真正冬眠的動物。

親子談心

請爸媽與孩子談一談對本故事的一些感受和啟發：

- 你喜歡小松鼠嗎？為什麼？
- 如果你是小松鼠，你也會跟小熊分享嗎？
- 你有好朋友嗎？你們平時是怎樣相處？
- 你覺得朋友之間需要互相幫助和關懷嗎？為什麼？

心靈加油站

小松鼠願意跟小熊一起預備過冬，互相幫忙。當自己身處寒冬之中，仍不忘為小熊準備食物，讓牠在春天醒來時能一眼看到。小松鼠關懷朋友之心，很值得我們尊敬和學習啊！

睡前遊戲

爸媽說：「冬天來了！」然後請孩子閉上眼睛、蓋上被子，模擬小熊在冬天睡覺；當爸媽說：「春天來了！」孩子便張開眼睛。爸媽可跟孩子重複玩這遊戲。

三隻小貓

請用智能手機掃描下面的 QR code 聆聽故事。

粵語
講故事

粵語
朗讀故事

猜測故事

聆聽故事前，請爸媽與孩子從本頁的故事名和插圖，猜一猜故事的內容：

- 圖畫中的三隻小貓分別是什麼顏色？他們是朋友嗎？
- 小黑貓想跟小白貓做什麼？
- 你覺得小白貓喜歡小黑貓嗎？為什麼？

文：麥曉帆
圖：伍中仁

三隻小貓

三隻愛旅行的小貓在山上遇上了。小白貓來自白貓國，小黃貓來自黃貓國，小黑貓來自黑貓國。

小黃貓笑瞇瞇地跟兩隻小貓打招呼：「你們好，我們交個朋友，一起玩好嗎？」

小黑貓高興地說：「好啊！」他伸手跟小黃貓握握手，又把手伸到小白貓面前。

小白貓看看小黑貓那隻黑黑的手，搖搖頭說：「我們美麗的白貓，怎麼可以跟你們這些怪模怪樣的貓做朋友。你們離我遠一點！」

小黃貓跟小黑貓一起遊山玩水去了。小白貓自個兒走着，看看花看看草。走啊走啊，天開始黑了。附近傳來了一聲狼嚎，小白貓很害怕，他想找小黃貓和小黑貓，但他們已經融入了夜色中，不見了蹤影。

這時候，野狼來了，他一眼就看見了這隻白色的小貓。野狼可高興了，心想這胖胖的小貓一定很可口。他大叫一聲，向小白貓撲去。小白貓嚇得趕緊找地方躲，可是，因為他身上的白毛在黑夜中太顯眼了，不管躲到哪裏都被野狼輕易找到。

正在危急的時候，一把聲音在大石頭後面傳來：「小白貓，快躲到這裏來。」

小白貓沒顧得再想什麼，就跑到石頭後面去了。咦，剛才是誰在說話？他定睛看了一會兒，才發現面前的小黃貓和小黑貓。小白貓還沒來得及說什麼，就聽到野狼的腳步聲一步步走過來了。

小白貓嚇得發抖，這時候，小黃貓和小黑貓冒着被野狼發現的危險，用自己的身體擋住了小白貓。

野狼走來了，儘管他把眼睛睜得大大的，也沒發現什麼，因為黑夜把小黃貓和小黑貓好好地隱藏起來了。「咦，小白貓去了哪裏？」野狼一邊嘀咕着，一邊往前走了。

小白貓十分感激小黃貓和小黑貓的救命之恩，請他們原諒自己之前的不禮貌。小黃貓和小黑貓一點也不計較呢！於是，三隻不同顏色不同國籍的小貓成了好朋友。

理解故事

聽完故事後，請爸媽與孩子說一說有關故事的內容：

- 為什麼小白貓不想跟小黑貓握手？
- 小白貓遇到什麼危險？
- 為什麼小白貓總是被野狼找到？
- 小黃貓和小黑貓用什麼方法拯救了小白貓？

知識加油站

小黃貓和小黑貓在黑夜裏能夠隱藏自己，是因為牠們的身體有一種保護色，又稱為隱蔽色，即動物身體的顏色和環境相似，某些動物甚至可隨環境而改變自己的體色，不易被察覺，以避免受到攻擊或獵食。最典型的例子就是變色龍了。

親子談心

請爸媽與孩子談一談對本故事的一些感受和啟發：

- 如果你是小白貓，你會跟小黑貓做朋友嗎？為什麼？
- 你喜歡小黑貓嗎？為什麼？
- 如果你是小黑貓，你會不會救小白貓呢？為什麼？

心靈加油站

- 每個人都是獨特的，也會有優點和缺點，不應因外表不同而被嫌棄。
- 我們應當彼此相愛、尊重和幫助，同時了解自己的長處，學會接受自己的短處，發揮自己的才能，互補不足，完成更多的事情。

睡前遊戲

請孩子觀察睡房，找一找睡房中一些黃色、白色和黑色的東西。爸媽可以跟孩子來個比賽，看看誰能最快找到。

扇子的妙用

請用智能手機掃描下面的 QR code 聆聽故事。

粵語
講故事

粵語
朗讀故事

猜測故事

聆聽故事前，請爸媽與孩子從本頁的故事名和插圖，猜一猜故事的內容：

- 扇子有什麼用途？
- 你什麼時候會用到扇子呢？
- 小動物們拿着扇子準備做什麼呢？

文：馬翠蘿
圖：伍中仁

扇子的妙用

夏日的晚上，星星很亮，月亮很圓。小動物們坐在草地上，他們各自拿着一把扇子，一邊搧涼一邊聊天。

小牛說：「你們說說看，扇子除了可以搧涼，還有什麼用處？」

小羊說：「可以用來搧火！」

小豬說：「可以用來趕蚊子！」

小雞說：「可以用來遮住猛烈的陽光！」

小鴨子一下子想不到，他搔搔腦袋：「可以……可以……」

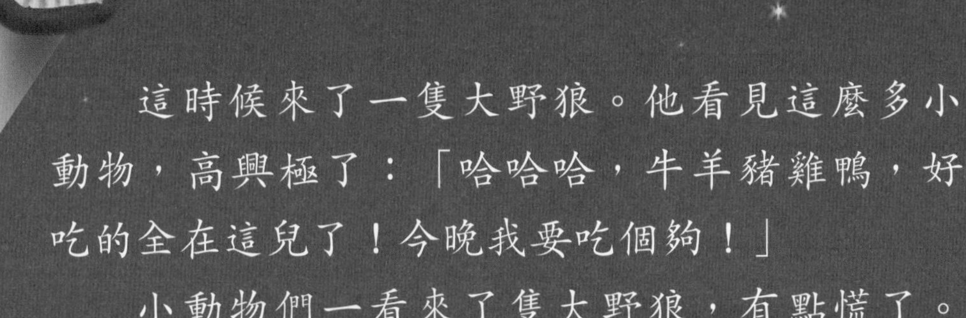

這時候來了一隻大野狼。他看見這麼多小動物，高興極了：「哈哈哈，牛羊豬雞鴨，好吃的全在這兒了！今晚我要吃個夠！」

小動物們一看來了隻大野狼，有點慌了。小牛鼓起勇氣說：「誰不想成為野狼的大餐，就一起用扇子來搧走他！」

「好！」大家齊聲回答。

「呼——呼——呼——」無數把扇子一齊向大野狼搧風。大野狼站不住腳了，大野狼往後倒退了，大野狼被搧得飄了起來，越飄越高，越飄越遠，很快連影子都不見了。

「哈，我們成功了！」大家一齊歡呼起來。

這時，小鴨子開心地說：「我知道了！扇子還可以用來趕走大野狼！」

理解故事

聽完故事後，請爸媽與孩子說一說有關故事的內容：

- 小羊、小豬和小雞分別說了哪些扇子的用途？
- 小動物們遇上什麼危險？
- 小牛想出了什麼方法來幫助小動物脫險？
- 最後大野狼的結局怎樣？

知識加油站

我們感覺到風，其實是我們感到附近的空氣在流動。當我們搧扇子時，推力會把空氣往下壓，被擠壓的空氣便往四周流動，這就令到空氣流動，從而產生風。

親子談心

請爸媽與孩子談一談對本故事的一些感受和啟發：

- 想一想，如果故事中只有一隻動物在搧扇子，還能趕走大野狼嗎？為什麼？
- 你什麼時候會用扇子？
- 你試過用扇子替家中長輩或爸爸媽媽搧涼嗎？

心靈加油站

如果故事中只有一隻動物肯搧扇子的話，恐怕只能生出微風，很難吹走大野狼了！所以當我們要共同完成一項任務時，如果能夠同心協力，就能事半功倍。

睡前遊戲

預備一張白紙，與孩子一起以風琴式方法摺成一把紙扇，然後爸媽拿着紙扇輕輕搧出微風，讓孩子在微風中入睡。

淘氣的霧哥哥

請用智能手機掃描下面的 QR code 聆聽故事。

粵語
講故事

粵語
朗讀故事

猜測故事

聆聽故事前，請爸媽與孩子從本頁的故事名和插圖，猜一猜故事的內容：

- 霧哥哥是誰？
- 霧哥哥做了什麼淘氣的事，令小動物們那麼害怕？
- 你見過霧嗎？霧是怎樣的？

文：馬翠蘿
圖：伍中仁

淘氣的霧哥哥

春天來了。這天一大早，動物村的小動物們就站在自家門前大聲嚷嚷着，因為他們發現很多東西不見了。

小羊說：「咩咩咩，前面那片草地不見了，我昨天早上還在那裏看過花呢！」

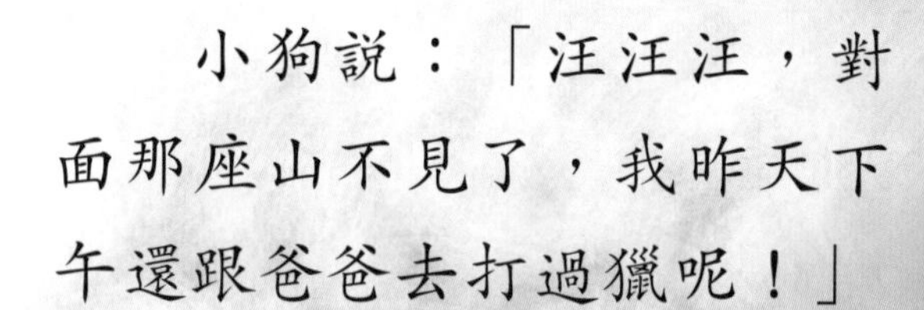

小狗說：「汪汪汪，對面那座山不見了，我昨天下午還跟爸爸去打過獵呢！」

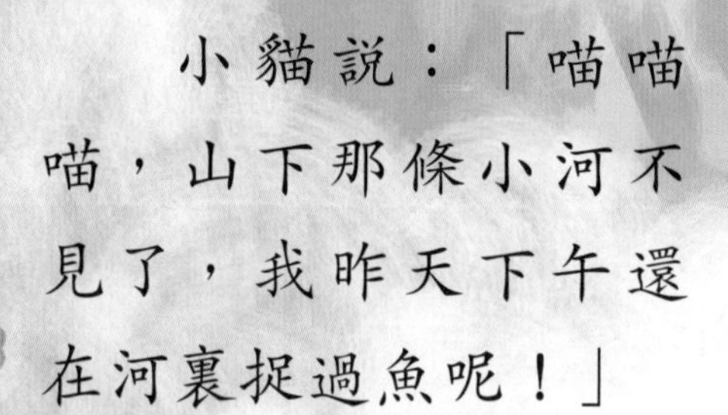

小貓說：「喵喵喵，山下那條小河不見了，我昨天下午還在河裏捉過魚呢！」

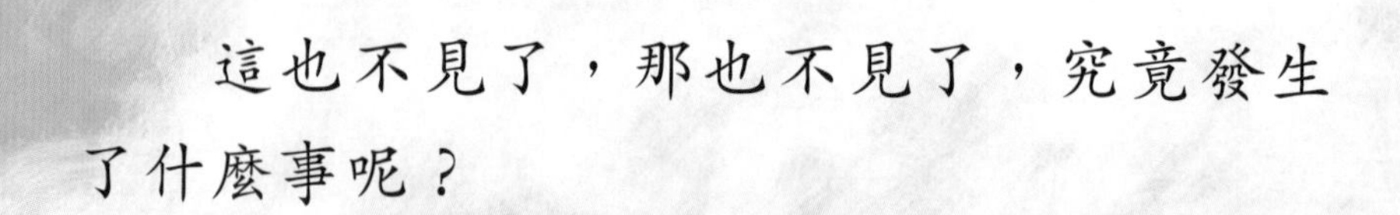

這也不見了，那也不見了，究竟發生了什麼事呢？

　　這時候，豬姐姐來了，她說：「是霧哥哥搞的惡作劇，他把草地呀、山呀、小河呀都藏起來了。」

　　小動物們聽了，都七嘴八舌地嚷起來：「霧哥哥，快把東西還給我們吧！」「我們要看花！」「我們要爬山！」「我們要到小河裏捉魚……」

　　可是，霧哥哥不但沒有理會他們，還故意在他們身邊繞來繞去，把他們也藏起來了，小動物們誰也看不見誰。看！小兔一不小心，撞到小羊身上了。

小動物們都很生氣，霧哥哥太淘氣了。豬姐姐說：「別急，霧哥哥最怕太陽伯伯，等太陽伯伯出來，他就會跑掉的。」

小動物們聽了，都一齊喊起來：「太陽伯伯快出來！太陽伯伯快出來！」

太陽伯伯笑着探出頭來，陽光馬上照遍了大地。霧哥哥一見，趕緊跑掉了。

小動物們又看見了草地，又看見了山，又看見了小河……噢噢噢！大家都開心地拍起手來。

理解故事

聽完故事後，請爸媽與孩子說一說有關故事的內容：

- 小動物們為什麼大叫大嚷？牠們發現什麼不見了？
- 霧哥哥做了什麼惡作劇？
- 霧哥哥最怕誰？
- 小動物們最後可以看得見周圍的景色嗎？為什麼？

知識加油站

當天氣暖和時，空氣變暖，水氣從地面向上升。這時候，溫度如果突然降低，而接近地面的空氣冷卻至某個程度時，空氣中的水氣便會凝結成細微的水滴懸浮於空中，變成白朦一片，使地面的能見度下降，這種天氣現象稱為霧。當太陽出來時，地面的溫度上升，水滴便被蒸發，霧就會逐漸消散。

親子談心

請爸媽與孩子談一談對本故事的一些感受和啟發：

- 你喜歡「霧哥哥」嗎？為什麼？
- 你喜歡「太陽伯伯」嗎？為什麼？
- 你覺得惡作劇是好行為嗎？為什麼？

心靈加油站

每個人都有自己的專長和特質，要善於利用和發揮，才能幫助到他人。切勿像故事中的霧哥哥，利用自己的特性去故意製造惡作劇，令小動物們看不到美麗的風景，做不到想做的事情。這種行為是要不得的啊！

睡前遊戲

讓孩子睡前來個熱水浴，觀察水蒸氣瀰漫時像霧的效果，也可以讓孩子在有水蒸氣的鏡面上用手指畫出喜愛的圖案。

小豬胖胖的運動會

請用智能手機掃描下面的 QR code 聆聽故事。

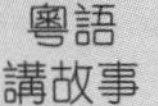

粵語
講故事

粵語
朗讀故事

猜測故事

聆聽故事前，請爸媽與孩子從本頁的故事名和插圖，猜一猜故事的內容：

- 小豬胖胖在練習什麼運動項目？
- 小豬胖胖在練習時遇到什麼挫折？
- 猜猜小豬最後有沒有參加運動會呢？

文：麥曉帆
圖：伍中仁

小豬胖胖的運動會

一場盛大的動物運動會即將舉行，大家都準備大顯身手。但小豬胖胖卻很苦惱，不擅長運動的他，應該參加哪一個比賽項目呢？

胖胖決定參加 100 米賽跑，於是便跟豹姐姐一起練習。

豹姐姐飛快地跑了起來，不用五秒就跑完了 100 米。但胖胖跑了不到一半路程，就累得坐在地上呼呼地喘氣。

豹姐姐搖着頭說：「胖胖呀，你實在不適合參加賽跑呢。」

胖胖只好改變主意。他決定參加舉重，於是便跟大象叔叔一起練習。

大象叔叔抓着沉重的槓鈴，輕鬆地往上一舉，就舉到了頭頂上。而胖胖憋得滿臉通紅，也無法把槓鈴提起半厘米。

大象叔叔歎着氣說：「胖胖呀，你實在不適合參加舉重呢。」

接下來，小豬胖胖又和海豚嬸嬸一起練習游泳、和小兔弟弟一起練習跳遠、和猴子伯伯一起練習騎單車……但這些運動似乎都不適合他。於是小豬胖胖只好放棄了，垂頭喪氣地回家去。

半路上，胖胖遇見了小狗黃黃。

小狗黃黃問：「胖胖，運動會要開始啦，你要到哪裏去？」

胖胖回答道：「我不參加運動會了，我力氣小、又跑不快，只會被人取笑。」

黃黃笑着説：「大家又怎麼會取笑你呢？動物運動會重要的是讓所有動物都參與，重要的是鍛煉身體，成績本身並不重要啊，只要你努力過就行了。」

小豬胖胖一聽有道理，便高高興興地回去參加賽跑了。這次運動會胖胖雖然沒有拿到任何名次，卻和其他朋友玩得很開心呢。

理解故事

聽完故事後，請爸媽與孩子說一說有關故事的內容：

- 小豬胖胖跟豹姐姐、大象叔叔和其他動物練習什麼項目？這些項目適合他嗎？
- 為什麼小豬胖胖最後還是參加了運動會呢？
- 為什麼小豬胖胖沒有拿到任何名次，卻玩得很開心呢？

知識加油站

適時適度的運動為身體帶來很多益處：

- 幫助消耗身體過多的熱量。
- 維持適當體重。
- 增強心肺功能。
- 促進血液循環。
- 預防身體機能退化。

所以小朋友要勤做運動，保持身體健康啊！

親子談心

請爸媽與孩子談一談對本故事的一些感受和啟發：

- 你覺得小豬胖胖有什麼值得學習的地方？
- 你認為小狗說得對嗎？為什麼？
- 你參加過運動會嗎？是什麼項目？
- 當你遇到做不到的事情時，你會繼續嘗試還是會放棄呢？為什麼？

心靈加油站

勇於參與和嘗試，不怕面對失敗，勝了也不驕傲，才是體育比賽的精神所在。

睡前遊戲

爸媽可以跟孩子一起做一些比較温和的瑜伽舒展動作，例如：

小火車風風

猜測故事

聆聽故事前，請爸媽與孩子從本頁的故事名和插圖，猜一猜故事的內容：

- 風風是什麼交通工具？
- 小火車風風載着什麼呢？
- 獅子大王跟小火車風風說什麼呢？

文：馬翠蘿
圖：伍中仁

小火車風風

六一國際兒童節到了，獅子大王預備了很多玩具，運到各個村莊送給小動物們。紅草莓村的玩具由小火車風風負責運送，他會在兒童節當天下午三時到達。

小動物們好興奮啊，他們才吃完早餐，就跑到火車站等候小火車風風。唉，小火車風風還有六七個小時才能到呢！

小動物們等不及了，他們紛紛打電話給小火車風風：「風風，你能提早一個小時把玩具運來嗎？」「風風，你能在上午十時就來到嗎？」「風風，你現在就來，好嗎？」

小動物們知道小火車風風最樂於助人，他一定會答應的。沒想到，小火車風風竟一口拒絕了：「不行啊！」

小動物們都很不開心，風風不肯幫忙，風風真不對。

風風在電話裏耐心地解釋說：「每輛火車都得按火車時刻表開車，這樣才能保持鐵路暢通和安全。要是我們不聽指揮，喜歡開就開，喜歡停就停，那鐵路交通就會變得混亂，甚至會造成撞車事故呢！」

噢，原來是這樣！小動物們明白了，他們不再要求小火車風風提早出發了。

小動物們耐心地等待着。下午三時正，隨着猴子伯伯的小綠旗一揮，小火車風風「嗚嗚」地叫着進了站，來到紅草莓村了。

「小火車風風，你辛苦了！」小動物們高興地叫着。

好多好多的玩具啊！小動物們搬呀搬呀，直到晚上才搬完。所有小動物一齊邀請小火車風風留下來，和他們一起玩玩具，風風說：「謝謝你們的好意，但開車的時間到了，我得馬上走了。再見！」

小火車風風嗚嗚地開走了，小動物們朝他揮着手：「小火車風風，謝謝你！」「小火車風風，再見！」

理解故事

聽完故事後，請爸媽與孩子說一說有關故事的內容：

- 獅子大王給了小火車風風什麼任務？
- 小火車風風需要在什麼時間抵達紅草莓村？
- 小動物們等得很不耐煩，他們做了什麼？
- 小火車風風有答應小動物們的要求嗎？為什麼？
- 為什麼小火車風風沒有留下來跟小動物們一起玩？

知識加油站

香港有一個鐵路博物館，位於大埔墟市中心，是在舊大埔墟火車站原址上改建而成的。博物館主要介紹本地鐵路交通的歷史和發展，除保留舊火車站古跡和其他鐵路設備外，還展出了蒸汽火車頭、柴油電動機車和歷史車卡，很有趣的啊！

親子談心

請爸媽與孩子談一談對本故事的一些感受和啟發：

- 你試過嚷着要別人快來幫忙嗎？當時的情況是怎樣的？
- 你試過因為太着急而闖禍嗎？當時的情況是怎樣的？

心靈加油站

做事操之過急，往往會因一時衝動忽略了細節，沒有好好考慮自己的決定會否帶來不良後果。所以我們做事時必須有耐性，謹慎思考後才行動。

睡前遊戲

預備一個玩具箱，放在房中任何一個位置，然後爸媽跟孩子一起扮演小火車風風：由孩子扮演火車頭，手拿着一件玩具。爸媽排在孩子身後，雙手搭着前面的人的肩膊，然後慢慢地行駛。當駛至玩具箱旁，「小火車」便停下來，代表已經到站，然後請孩子慢慢地把玩具放進玩具箱裏。

會跳舞的蜜蜂

請用智能手機掃描下面的
QR code 聆聽故事。

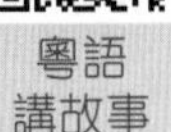

粵語
講故事

粵語
朗讀故事

猜測故事

聆聽故事前，請爸媽與孩子從本頁的故事名和插圖，猜一猜故事的內容：

- 蜜蜂在做什麼？為什麼他們那麼開心？
- 蜜蜂跳出兩種怎樣的舞步呢？有什麼特別的意思嗎？

文：馬翠蘿
圖：伍中仁

會跳舞的蜜蜂

趁着好天氣，蜜蜂媽媽帶着小蜜蜂蓉蓉出來曬太陽。自從出生後，蓉蓉還是第一次走出家門呢！

陽光照在身上，身上暖暖的；陽光照在小河上，河水發出銀色的光芒；陽光照在花草上，花草變得更加美麗。蓉蓉東瞧瞧西瞧瞧的，十分開心。

蓉蓉遠遠看見十幾隻蜜蜂飛回來了，就問媽媽：「他們是誰？」

媽媽說：「他們是偵探蜂。他們的工作是每天出去找花蜜。」

那些蜜蜂飛到蜂巢門口，就在半空中飛來飛去跳起舞來。

蓉蓉又問：「媽媽，他們為什麼要在這裏跳舞呢？」

媽媽說：「他們是用舞蹈來告訴大家，找到可以採蜜的地方了，請大家跟着他們走。」

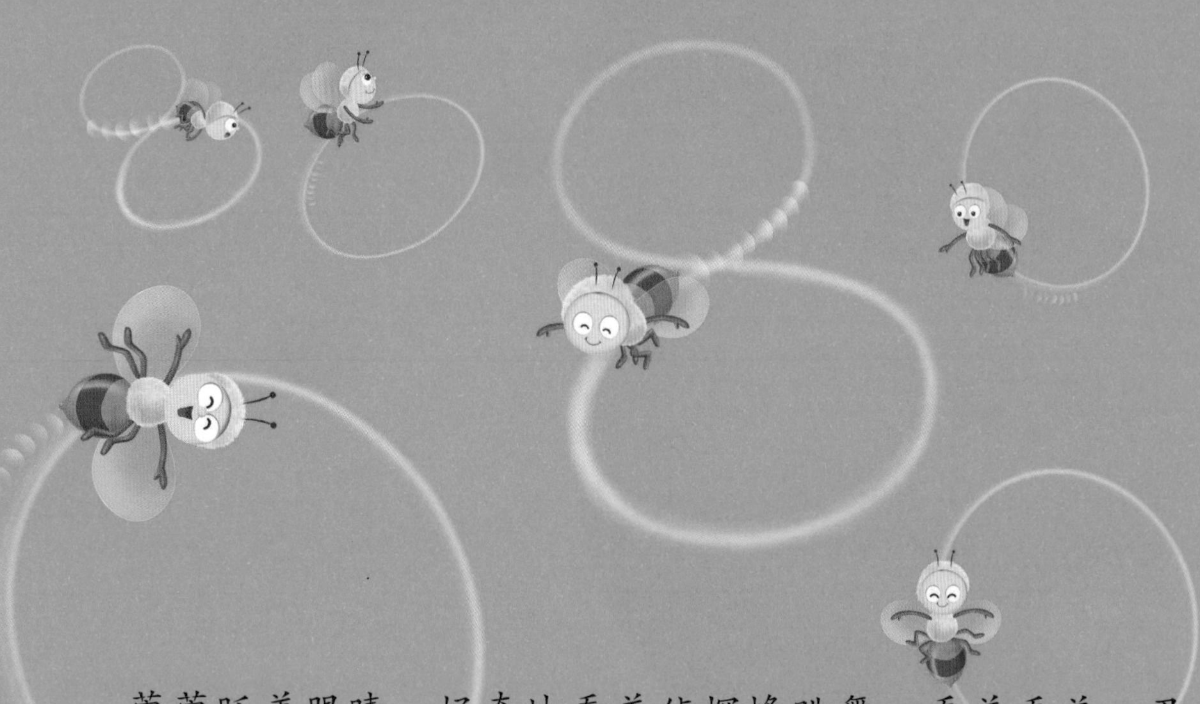

蓉蓉眨着眼睛，好奇地看着偵探蜂跳舞，看着看着，忍不住又問道：「媽媽，為什麼他們跳的舞不一樣呢？您看，有的是在空中不住地轉圓圈，有的就不斷地畫着 8 字，有什麼特別的意思呢？」

媽媽告訴蓉蓉：「有！跳圓圈舞的，是告訴大家，可以採蜜的地方就在附近。而跳 8 字舞的，就是告訴大家採蜜的地方距離較遠。」

「哦，原來是這樣！」蓉蓉點點頭。偵探蜂叔叔真有意思，竟然想出用舞蹈傳達意思的方法！

這時候，工蜂們分成兩隊，跟在偵探蜂後面出發了。蓉蓉羨慕地看着他們的背影，心想，自己長大了，一定也要做一隻偵探蜂，給媽媽和兄弟姐妹們找來更多又甜又香的花蜜。

理解故事

聽完故事後，請爸媽與孩子說一說有關故事的內容：

- 偵探蜂有什麼工作？
- 偵探蜂在蜂巢門外跳舞，代表什麼意思？
- 偵探蜂所跳的圓圈舞和 8 字舞，各有什麼特別的意思？
- 蓉蓉希望自己長大後能做什麼？

知識加油站

蜜蜂能利用兩套固定的舞蹈通知同伴可採蜜的地方。第一套是圓舞，蜜蜂會不斷以畫着圓圈的方式舞動着，代表食物來源就在附近；另一套是8字舞，蜜蜂會搖擺着尾部，做出8字形的舞步。如果擺動的速度快，代表食物來源在較近的地方，如果擺動緩慢，則代表食物來源距離較遠。

親子談心

請爸媽與孩子談一談對本故事的一些感受和啟發：

- 你喜歡蜜蜂嗎？為什麼？
- 你知道蜜蜂有什麼工作嗎？
- 你覺得小蜜蜂有什麼值得我們欣賞和學習的地方？
- 你長大後想做什麼？

心靈加油站

團體工作時，如果只顧着自己做，未必成事。分工合作，互相交流，才能把工作做好，發揮團隊合作精神，做起事情來才會事半功倍。

睡前遊戲

預備一首輕鬆的音樂，與孩子一邊上下擺動雙臂，像蜜蜂拍動翅膀，一邊跳出圓形和 8 字形的舞步。

月亮的秘密

請用智能手機掃描下面的QR code 聆聽故事。

粵語
講故事

粵語
朗讀故事

猜測故事

聆聽故事前，請爸媽與孩子從本頁的故事名和插圖，猜一猜故事的內容：

- 故事發生在什麼時間？
- 雞媽媽和小雞仰望着夜空，有誰躲在雲層裏嗎？
- 月亮姐姐會有什麼秘密？

文：馬翠蘿
圖：伍中仁

月亮的秘密

一個晴朗的晚上，一隻小花雞啄破了蛋殼，出生了。

他一眼看見了天上又亮又圓的月亮，便開心地說：「你好！你是誰？」

月亮說：「小花雞你好，我是月亮！」

小花雞說：「月亮姐姐，我們做朋友好嗎？」

月亮笑着說：「好啊！」

雞媽媽來了，她慈愛地說：「等會兒再跟月亮姐姐玩吧！你得洗個澡，然後吃點東西。」

小花雞洗得乾乾淨淨的，又吃了一頓香香的米粒，然後在媽媽的翅膀下甜甜地睡了一覺。

第二天晚上，小花雞卻找不到月亮姐姐了。媽媽告訴他：「今天天氣不好，雲太厚，月亮被遮住了。」

第三天晚上，小花雞還是看不到月亮姐姐。之後第四天，第五天……一連十幾天都是壞天氣，小花雞好掛念月亮姐姐啊！

半個月過去了，這天，小花雞正在吃晚飯，突然發現月亮出來了！小花雞正想跟月亮姐姐打招呼，但他馬上嚇了一跳：月亮姐姐怎麼了？她原來圓圓的、胖胖的身體，現在變得彎彎的、細細的，就像一根香蕉一樣。

「月亮姐姐，你為什麼變得這麼瘦？你一定餓壞了！」小花雞捧起自己的晚餐，說，「月亮姐姐，你快吃！」

「謝謝你，好心的小花雞！」月亮姐姐笑着說，「別為我擔心，再過十五天，我又會變回圓圓的樣子了！」

小花雞驚訝地說：「真神奇啊！月亮姐姐，能告訴我你變胖變瘦的原因嗎？」

月亮姐姐說：「你現在還小，有些道理很難弄明白。等你長大了，上學讀書，就會懂得其中的道理了。」

小花雞說：「那我要快快長大，上學讀書，弄明白月亮姐姐變胖變瘦的原因！」

理解故事

聽完故事後，請爸媽與孩子說一說有關故事的內容：

- 小花雞破殼而出，他第一眼看見了誰？
- 為什麼小花雞往後十幾天也看不見月亮？
- 小花雞再次看見月亮姐姐時，為什麼嚇了一跳？月亮姐姐變成了什麼樣子？
- 為什麼月亮有時是圓形的，有時是彎彎的呢？

知識加油站

月球本身不會發光，但當月球環繞地球公轉時，地球、月球和太陽之間的相對位置會有規律地變化着，讓我們可以從不同角度看到月球被太陽光照射的部分，由於太陽光令月球發亮的部分會有不同，造成了不同形態的月亮，稱為「月相」。圓圓的是滿月，彎彎的是眉月或殘月。

親子談心

請爸媽與孩子談一談對本故事的一些感受和啟發：

- 你喜歡交朋友嗎？
- 你的好朋友是誰？他 / 她是怎樣的呢？
- 你會因為朋友的外表而跟他 / 她交朋友嗎？為什麼？
- 試想像一下你或你的朋友長大後，會有怎樣的變化？

心靈加油站

- 交朋友並不在乎對方的外表，好朋友即使在外貌上有所變化，友誼仍然是不變的。
- 多認識朋友的特質，可加深對彼此的了解，懂得關懷和體諒對方。

睡前遊戲

請孩子閉上眼睛，然後爸媽用手指尖在孩子的手背、臉上和背上輕輕地、溫柔地劃出圓形的月亮和彎彎的月亮。

流汗的「滑鼠」

請用智能手機掃描下面的
QR code 聆聽故事。

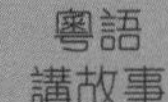

粵語
講故事

粵語
朗讀故事

猜測故事

聆聽故事前，請爸媽與孩子從本頁的故事名和插圖，猜一猜故事的內容：

- 小猴子把猴爺爺手裏的滑鼠換成了什麼？為什麼他這樣做？
- 猴爺爺在做什麼？他為何沒有發現被小猴子換掉了滑鼠？
- 滑鼠真的會流汗嗎？其實那些汗水是什麼來的呢？

文：馬翠蘿
圖：伍中仁

流汗的「滑鼠」

小猴子真聰明，剛上幼稚園低班就會使用電腦了。每到星期天，他都開心地利用滑鼠，在互聯網上看有趣的卡通片，看有趣的圖畫書，有時還和不認識的網上朋友玩電腦遊戲。

猴爺爺看見了，十分好奇：「小猴子啊，你手裏拿着的小老鼠好厲害啊，你一按，它就變出了圖畫，再一按，又變出了故事……」

小猴子說：「爺爺，它不叫小老鼠，它叫滑鼠，是用來操作電腦的。」

猴爺爺說：「哦，原來它叫滑鼠，滑鼠也是鼠啊。我也能叫滑鼠變出好玩的東西嗎？」

小猴子說：「能啊，我教您！」

小猴子很耐心地教猴爺爺使用互聯網，果然是有其孫必有其爺爺，小猴子聰明，猴爺爺也聰明，看，猴爺爺很快就學會使用滑鼠瀏覽網頁了。

猴爺爺好高興啊，他送了一個又大又香的芒果給小猴子。

猴爺爺坐在電腦桌前，再也不想離開了，他怕滑鼠逃走了，把它握得緊緊的，一會兒讓它變出新聞，一會兒讓它變出健康知識，看得好高興。

看着看着，猴爺爺累了，他手裏握着滑鼠，頭一點一點地打着瞌睡。小猴子好想看卡通片，便輕輕地從猴爺爺手裏拿出滑鼠。沒想到，睡得迷迷糊糊的爺爺以為滑鼠要「逃走」，一抓，又把滑鼠抓住了。

怎麼辦呢？小猴子想出了好主意。他輕輕掰開猴爺爺的手，拿走滑鼠，又急忙把芒果塞回去。猴爺爺抓着芒果，還以為抓着滑鼠呢！

小猴子坐在爺爺旁，按着滑鼠，看卡通片，看圖畫書，玩遊戲，玩得可開心了。

「哎喲，滑鼠流汗了！」猴爺爺忽然大喊一聲。

小猴子嚇了一跳。一看，爺爺手心裏滴着水，原來他把芒果握得太緊，流出果汁來了！

知識加油站

滑鼠是一種常用的電腦輸入設備，外型很像一隻老鼠，而跟電腦相連的電線則像鼠尾。時至今日，大部分電腦設備都會使用輕觸式熒幕代替滑鼠了。

理解故事

聽完故事後，請爸媽與孩子說一說有關故事的內容：

- 每逢星期天，小猴子會在互聯網上看什麼？
- 猴爺爺也喜歡上網嗎？他愛看什麼？
- 小猴子把滑鼠換成什麼？
- 為什麼滑鼠會流汗呢？你認為這代表了什麼意思？

親子談心

請爸媽與孩子談一談對本故事的一些感受和啟發：

- 你會使用電腦嗎？你會用來做什麼？
- 你有瀏覽過互聯網嗎？你會看些什麼？
- 過分沉迷上網會帶來什麼後果？
- 你知道正確使用互聯網的方法和態度嗎？請說一說

心靈加油站

- 使用電腦要適可而止，過分沉迷不單會對眼睛和身體造成損害，長期只顧上網而缺乏與人溝通，更會影響社交。
- 網上資訊繁多，我們要小心謹慎地選擇，避免瀏覽一些不良網站啊！

睡前遊戲

請爸媽跟孩子一起做做護眼操：

望望上、下、左、右各5秒，然後順時針轉動眼球，再逆時針轉動眼球。

胖胖豬看書

請用智能手機掃描下面的
QR code 聆聽故事。

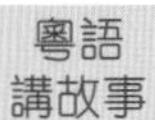

粵語
講故事

粵語
朗讀故事

猜測故事

聆聽故事前，請爸媽與孩子從本頁的故事名和插圖，猜一猜故事的內容：

- 圖畫中的場所是什麼地方？小動物們在做什麼呢？
- 胖胖豬想做什麼？為何他的樣子這麼不開心？

文：馬翠蘿
圖：伍中仁

胖胖豬看書

動物學校新設了一個圖書室，裏面擺滿了好看的書。下課鈴聲一響，小動物都趕緊跑去圖書室找自己喜歡的書，然後開開心心地看起來。

胖胖豬走得慢，他來到圖書室時，喜歡的書都被同學們拿走了。

《寶貝小豬豬》，這是胖胖豬最喜歡的，但是小熊和小馬正在看呢！《羊羊走天下》，看樣子很好看哦，可惜在刺蝟和松鼠的手裏；《黑貓偵探》，啊，一定很精彩呢，可是那本書被白貓同學和花貓同學拿了。唉，真倒霉！胖胖豬只好拿了一本看過的《孫悟空大鬧天宮》，看了起來。

要是自己像孫悟空一樣，會變出瞌睡蟲就好了，那麼自己就可以把瞌睡蟲扔到同學們身上，讓他們全都睡着覺，那圖書室裏的圖書就都屬於自己了。到時候，自己想看哪本就看哪本，哈哈，真開心！

胖胖豬正想着，突然覺得手心裏有東西在動，一看，啊，是一把小蟲子呢！胖胖豬嚇了一跳，他趕緊把小蟲子一扔，小蟲子全落到同學們身上了。

奇怪的事情發生了，只見圖書室裏的同學，一個接一個全都睡着了，原來剛才那些小蟲子就是瞌睡蟲呢！

胖胖豬高興極了。他馬上拿起小熊和小馬手裏的《寶貝小豬豬》，津津有味地看了起來；看完了，又去刺蝟和松鼠的手裏拿了《羊羊走天下》……可是，他漸漸覺得，自個兒看書太悶了，看到精彩的地方也沒有人分享。他推推小熊，小熊睡得打呼嚕，推推松鼠，松鼠睡得流出口水。

胖胖豬後悔極了，自己不應該這樣自私，好書大家一起分享才有意思呢！

這時候，胖胖豬又發覺手心癢癢的，一看，原來是很多香香的花瓣呢！胖胖豬一揚手，花瓣都落到沉睡中的同學們身上了。啊，他們一個個伸着懶腰，醒過來了！

胖胖豬很高興，他拿着《羊羊走天下》，跟刺蝟和松鼠說：「我們一起看好嗎？」

刺蝟和松鼠說：「好啊！」

胖胖豬和刺蝟、松鼠，還有其他喜歡閱讀的同學，在圖書室裏高高興興地看書。

理解故事

聽完故事後，請爸媽與孩子說一說有關故事的內容：

- 胖胖豬來到圖書室時，發生了什麼事情？
- 為什麼胖胖豬想變出瞌睡蟲？
- 什麼事情令胖胖豬感到後悔呢？
- 胖胖豬如何讓朋友們醒過來？最後胖胖豬感到快樂嗎？為什麼？

知識加油站

香港最早的公共圖書館成立於 1869 年，設在當時剛落成的舊香港大會堂。2001 年香港中央圖書館落成，取代大會堂公共圖書館。現時香港不同地區都設有圖書館，更有流動圖書館。除了圖書，我們還可以借閱視聽資料、報章、期刊、光碟等，吸收不同的知識呢！

親子談心

請爸媽與孩子談一談對本故事的一些感受和啟發：

- 你喜歡看書嗎？最喜歡看什麼書？
- 你喜歡跟朋友們一起看書嗎？看什麼書？在哪裏看？
- 你會不會跟朋友們分享心愛的圖書？為什麼？

心靈加油站

能夠跟朋友們一起做喜歡的事情，如看書、遊戲等，會讓人感到無比快樂，所以我們要學會分享，使自己和別人都感到開心、溫暖。

睡前遊戲

預備一張紙和顏色筆，爸媽和孩子各自畫上一個自己喜歡的故事角色，請爸媽剪下來做成紙偶。然後爸媽跟孩子一起利用紙偶創作一個小故事。最後可以請故事角色跟孩子說聲晚安啊！

聰明的豬警官

請用智能手機掃描下面的 QR code 聆聽故事。

粵語
講故事

粵語
朗讀故事

猜測故事

聆聽故事前，請爸媽與孩子從本頁的故事名和插圖，猜一猜故事的內容：

- **雞媽媽和小雞們在街上遇到什麼事情？**
- **你認為最後能夠抓到扔香蕉皮的垃圾蟲嗎？**

文：馬翠蘿
圖：伍中仁

聰明的豬警官

雞媽媽帶着一羣小雞上街，小雞們蹦蹦跳跳的，好開心啊！

他們路過一幢大樓時，不知是誰扔了一塊香蕉皮下來，「噗」的一聲剛好落在一隻小雞的頭上。

「哇，好痛啊！」小雞大哭起來。他的兄弟姊妹又心痛又害怕，也都跟着哇哇大哭起來了。

雞媽媽很生氣，於是打電話報警。

豬警官很快來到了。他站在大樓前面問道：「樓裏面住着誰？你們誰扔的香蕉皮？」

小貓從一樓窗口探出頭：「我沒有扔香蕉皮。」豬警官點點頭：「對不起，打擾了！」

小狗從二樓窗口探出頭：「我沒有扔香蕉皮。」豬警官點點頭：「對不起，打擾了！」

小兔從三樓窗口探出頭：「我沒有扔香蕉皮。」豬警官點點頭：「對不起，打擾了！」

這時候，小猴子從四樓窗口探出頭，很兇地說：「誰說我扔香蕉皮了？不是我！」

豬警官好聰明啊，他馬上大聲說：「別抵賴了，扔香蕉皮的垃圾蟲就是你！」

豬警官抓住了小猴子，罰他錢，還要他向小雞賠禮道歉。

聰明的小朋友，你們猜一猜，豬警官是根據什麼查出誰是垃圾蟲的呢？

理解故事

聽完故事後，請爸媽與孩子說一說有關故事的內容：

- 小雞為什麼哭了起來？
- 雞媽媽找了誰來幫忙？
- 豬警官對着大樓做了什麼？
- 大樓裏住了誰？他們都說自己沒有扔香蕉皮，你相信嗎？為什麼？
- 香蕉皮是誰扔的呢？豬警官是怎樣知道？

知識加油站

野生猴子能適應不同的生活環境，如森林、草原，甚至是郊野公園或市區，牠們也善於爬樹和游泳。猴子除了喜歡吃香蕉，牠們還會吃植物的葉、果實、花、根、嫩芽及樹皮，偶然也會捕食一些昆蟲。我們不要餵野外的猴子，否則會影響猴子的習性，對遊人造成危險。

親子談心

請爸媽與孩子談一談對本故事的一些感受和啟發：

- 你會把垃圾扔到街上嗎？為什麼？
- 如果街上或其他公眾地方布滿垃圾，你覺得怎樣？你會喜歡嗎？
- 我們應該怎樣處理垃圾？說說看。

心靈加油站

隨處亂丟垃圾會破壞環境、滋生蚊蟲，是很自私的行為。公共地方是屬於大家共同享有，我們要保持清潔，大家才能有一個健康舒適的生活環境。

睡前遊戲

預備白紙和顏色筆，與孩子一起設計一張保持房間整潔的海報，並跟孩子討論保持整潔的方法。完成後張貼在牆上，以提醒家中各人一起遵守啊。

瓜瓜和刮刮

請用智能手機掃描下面的 QR code 聆聽故事。

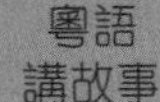

粵語
講故事

粵語
朗讀故事

猜測故事

聆聽故事前，請爸媽與孩子從本頁的故事名和插圖，猜一猜故事的內容：

- 誰是瓜瓜？誰是刮刮？
- 瓜瓜和刮刮在水中發生什麼事情？
- 你覺得瓜瓜和刮刮是好朋友嗎？為什麼？

文：馬翠蘿
圖：美心

瓜瓜和刮刮

小青蛙瓜瓜今天要去參加游泳比賽，他對這次比賽可緊張了。

因為去年的比賽，他比另一隻小青蛙刮刮慢了兩秒鐘，結果只拿了一個亞軍。兩秒鐘，那只是打個噴嚏那麼短的時間呀，冠軍就沒了，多冤枉啊！瓜瓜心裏很不服氣，他發誓這次一定要打敗對手刮刮，把冠軍贏回來。

誰知道就那麼倒霉，他早上偏偏睡過頭了，八點鐘就要出門，他八點十五分才醒來。瓜瓜臉也沒洗，趕緊抓了一把蚊子乾當早餐，就跑出門了。

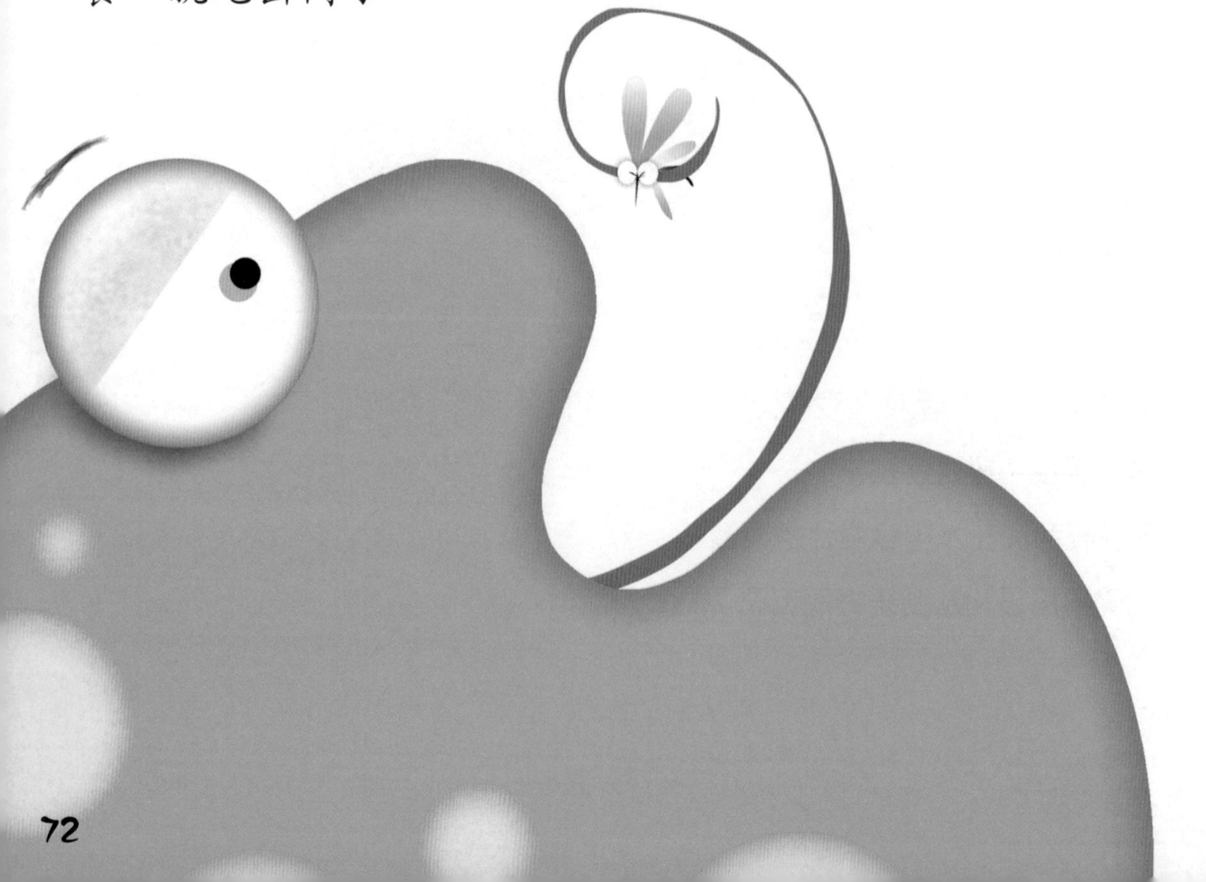

跑啊跑啊，跑到比賽場地時，所有選手都已經做完熱身運動，在泳池邊等着。

瓜瓜很高興趕得及，他急忙站到刮刮旁邊，準備比賽。

刮刮見了，說：「瓜瓜，你不能不做熱身運動就參加比賽，這樣很容易抽筋的。」

瓜瓜心想，你當然不希望我參加比賽，那你就可以繼續拿冠軍了。他用鼻子哼了一聲，不理刮刮。

刮刮還想說什麼，這時裁判員舉起信號槍，「砰」地放了一槍。瓜瓜隨着槍響，跳到水裏去了。刮刮見了，也只好跳進了水裏。

瓜瓜拼命划呀划呀，他很快就超過了其他選手，接着又超過了刮刮。眼看他就要到達終點，他彷彿已經看見冠軍獎盃在向他招手了。

突然，瓜瓜感到右邊小腿一陣劇痛，疼痛令他無法再蹬腳向前，他整個身體向下沉。瓜瓜只好用雙手亂抓，想抓住一點能救命的東西。

好危險啊，眼看瓜瓜就要沉到水底了，就在這時候，有一隻手拉住了瓜瓜，把他拉上了水面。又在救生員叔叔的幫助下，把他拉上了岸。

瓜瓜睜眼一看，救他的原來是刮刮呢！

在救生員叔叔的幫助下，瓜瓜把喝了一肚子的水全吐出來了。這時，他才可以說話，他第一句話是跟刮刮說的：「謝謝你！」

刮刮笑着說：「不用謝！不過，你以後一定要記得，必須先做熱身運動才能游泳，這樣才可以避免發生危險。」

「知道了！」

由於瓜瓜和刮刮都沒完成比賽，所以連前十名都進不了，更談不上當冠軍。但瓜瓜和刮刮一點都不在乎，因為從那天起，他們都多了一個好朋友。

理解故事

聽完故事後，請爸媽與孩子說一說有關故事的內容：

- 瓜瓜準備參加什麼比賽？他最想打敗的對手是誰？
- 為什麼瓜瓜來不及做熱身運動？
- 為什麼瓜瓜不聽刮刮的勸告？
- 瓜瓜最後受了什麼教訓？

知識加油站

熱身運動是讓身體適應劇烈活動前的一些準備動作，由基本動作開始，如伸展、拉筋、輕鬆的步行、慢跑、跳躍等，讓身體的肌肉慢慢過渡至能適應較為劇烈的動作。熱身運動不足有機會造成抽筋、肌腱創傷等意外，所以運動前的熱身是非常重要的啊！

親子談心

請爸媽與孩子談一談對本故事的一些感受和啟發：

- 你覺得瓜瓜在待人處事的態度上有什麼需要改善的地方？
- 你從瓜瓜和刮刮身上學到了什麼？
- 如果你是刮刮，你會跟瓜瓜做好朋友嗎？

心靈加油站

- 競爭雖然會使人進步，但急於求勝而不聽勸告、忠言逆耳，容易讓人變得盲目固執。
- 我們做事先要打穩基礎，才能逐步達到目標。
- 刮刮不會計較，又會幫助別人，是我們的好榜樣。

睡前遊戲

跟孩子一起模仿青蛙跳的動作，跳進睡房，直到牀邊，然後輕輕按摩孩子的腿部或身體其他地方，讓孩子放鬆入睡。

美妙的聲音

請用智能手機掃描下面的 QR code 聆聽故事。

粵語
講故事

粵語
朗讀故事

猜測故事

聆聽故事前，請爸媽與孩子從本頁的故事名和插圖，猜一猜故事的內容：

- 圖畫中小牛一家住在什麼地方？
- 身處大自然當中，小牛會聽到哪些美妙的聲音？

文：馬翠蘿
圖：陳子沖

美妙的聲音

有一隻小牛叫壯壯，他和爸爸媽媽住在小河邊一座漂亮的小房子裏。

壯壯每天都會聽到許多美妙的聲音。

早上，「喔喔喔！喔喔喔！」那是大公雞在叫喚壯壯：「起牀了！起牀了！」

「啾啾啾！啾啾啾！」那是小鳥們在向壯壯問候：「早上好！早上好！」

「沙沙沙！沙沙沙！」那是花兒在給壯壯跳舞，讓壯壯有一個開心的早晨。

「呼呼呼！」那是風兒在工作，他把花兒、葉兒的氣味吹到每個角落，讓壯壯享受清新的、香香的空氣。

中午，「嘎嘎嘎」，小白鵝來了；「呷呷呷」，小鴨子來了；「汪汪汪」，小狗來了……大家都是壯壯的好朋友，他們每天都會在一起玩遊戲。

「嘩啦啦」，小河姐姐發出友好的邀請：「來玩呀！來玩呀！」壯壯和朋友們「撲通撲通」跳進河裏，比賽誰游得快。「哈哈哈！嘻嘻嘻！」歡笑聲響徹小河兩岸。

晚上，小樹林裏一片「吱吱喳喳」的聲音，那是飛倦了的鳥兒們回家了，他們在各自的小窩裏，一家人講着說不完的知心話。壯壯的小房子裏也有很多聲音。

「咣咣咣！咣咣咣！」那是媽媽炒菜時發出的聲音，小房子裏飄出一陣陣香味。

「壯壯，壯壯，吃飯啦！」那是爸爸親切爽朗的叫喊。

「來啦來啦！」那是壯壯快樂的回答。

小牛壯壯每天都聽到很多聲音，那些聲音伴着壯壯生活，伴着壯壯長大，那是壯壯心目中最動聽的音樂，最美妙的歌。

理解故事

聽完故事後，請爸媽與孩子說一說有關故事的內容：

- 大公雞、小鳥、花兒和風的聲音是怎樣的？
- 「嘎嘎嘎」、「咩咩咩」和「汪汪汪」是誰發出的聲音？
- 「哈哈哈、嘻嘻嘻」是什麼聲音？是誰發出的？什麼時候會發出這種聲音？
- 小牛壯壯心目中最動聽、最美妙的聲音是怎樣的？

知識加油站

聲音是震動產生出來的聲波，通過一個媒介(包括空氣、液體和固體)來傳送至人類或動物的聽覺器官。例如當我們打鼓時，就是通過拍打鼓面產生震動，震動產生聲波，我們便聽到鼓聲了。你可以試試在說話或唱歌時，用手輕按喉頭周圍，便會感覺到聲帶在振動。

親子談心

請爸媽與孩子談一談對本故事的一些感受和啟發：

- 你喜歡聽吵鬧的聲音，還是歡樂的聲音？為什麼？
- 你心目中美妙的聲音是什麼？
- 你覺得家人和朋友的歡笑聲、爸媽給你說故事的聲音美妙嗎？為什麼？

心靈加油站

多欣賞生活中的一些小事，多聽聽生活中一些美妙的聲音，例如笑聲、打招呼的聲音、大自然的聲音等，你會發現圍繞在我們身邊有很多美好的事物。

睡前遊戲

跟孩子一起發出不同的聲音，例如：打呵欠的聲音、鬧鐘的聲音、親親臉頰的聲音、打呼嚕的聲音，還有說「晚安」、「我愛你」的聲音。

買雪條

請用智能手機掃描下面的
QR code 聆聽故事。

粵語
講故事

粵語
朗讀故事

猜測故事

聆聽故事前，請爸媽與孩子從本頁的故事名和插圖，猜一猜故事的內容：

- 小乖兔去買什麼？
- 每根雪條賣多少錢？
- 小乖兔有足夠的金錢買雪條嗎？

文：馬翠蘿
圖：美心

買雪條

兔爺爺來看小乖兔，給了小乖兔兩個五元硬幣。

小乖兔拿着錢，高高興興地跑了出去，找到了好朋友小乖羊和小乖豬、小乖狗。

小乖兔得意地攤開手，把錢給朋友們看：「看，我有很多很多錢呢！」

朋友們看着那兩個閃閃亮亮的硬幣，都喊了起來：「嘩，真的好多錢啊！」

小乖兔說：「走，我請你們吃雪條。」

「好啊，吃雪條去！」大家開心地嚷嚷着。

他們到了牛伯伯開的小店，小乖兔把錢舉得高高的，對牛伯伯說：「我要四根雪條！」

牛伯伯說：「錢不夠呢！每根雪條三元，你們算算，四根雪條該多少錢？算好了告訴我！」

四個好朋友圍成一圈，動動小腦筋，認真地算了起來。一根雪條三元，兩根雪條六元，三根雪條九元，四根雪條……噢，終於算出來了，四根雪條要十二元！

糟了，小乖兔只有兩個五元硬幣。五元加五元等於十元，還差兩元呢！雪條吃不成了，大家都嘟着嘴，很不開心。

這時候，牛伯伯大聲問道：「孩子們，你們算出來了嗎？算好了就來買呀！」

「牛伯伯，算出來了，四根雪條要十二元……」小乖兔不開心地說，「但是我們只有十元，我們不買了。」

牛伯伯笑着説：「四根雪條一共十二元，你們算對了！為了獎勵聰明的孩子，我就少收你們兩元錢吧！」

牛伯伯從雪櫃裏拿出四根雪條：「來，好孩子，一人一根！」

小乖兔和他的朋友們一人拿着一根雪條，高高興興地回家了。

理解故事

聽完故事後，請爸媽與孩子說一說有關故事的內容：

- 兔爺爺給了小乖兔多少錢？小乖兔準備怎樣運用這些錢？
- 四根雪條一共要多少錢？小乖兔夠錢買雪條嗎？他還欠多少錢？
- 最後小乖兔、小乖羊、小乖豬和小乖狗都能吃到雪條嗎？為什麼？

知識加油站

乘數即加法的連續運算。例如 2+2=4，即是 2 個 2，也就是 2 X 2 的意思；2+2+2 =6，即是 3 個 2，也就是 3 X 2 的意思。此外，有一種稱為乘數表或九因歌的口訣，可以幫助我們記憶從 1X1 至 10X10 的乘數呢！

親子談心

請爸媽與孩子談一談對本故事的一些感受和啟發：

- 如果你是小乖兔，你會怎樣運用那十塊錢？
- 你有跟爸媽一起購物的經驗嗎？說說看。
- 如果你很想買一件東西，但不夠錢，你會怎樣做？

心靈加油站

小乖兔不夠錢買雪條，其實還可以透過儲蓄的方式，儲起足夠的金錢。小朋友，我們要養成儲蓄的好習慣啊！

睡前遊戲

預備一張白紙、一枝木顏色筆以及 1 元、2 元、5 元或 10 元硬幣，跟孩子一起玩硬幣拓印遊戲。把硬幣放在白紙下面，然後請孩子在上面用木顏色筆輕輕掃出硬幣的表面。

猴子家的鞋子兵團

請用智能手機掃描下面的 QR code 聆聽故事。

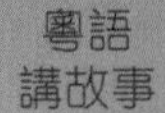

粵語
講故事

粵語
朗讀故事

猜測故事

聆聽故事前，請爸媽與孩子從本頁的故事名和插圖，猜一猜故事的內容：

- 圖畫中有什麼鞋子？
- 猴妹妹穿了什麼衣服？她要去做什麼？
- 猴妹妹穿了什麼鞋子？她穿對了嗎？為什麼？

文：馬翠蘿
圖：美心

猴子家的鞋子兵團

猴子家有一個鞋子兵團，鞋子兵團忠實地為猴子們服務。

這天天一亮，運動鞋、皮鞋和高跟鞋就從鞋櫃裏跑出來，整整齊齊地站成一排，隨時準備為主人服務。

猴妹妹跳跳來了，運動鞋馬上跑過去，說：「穿我呀，穿我呀！」運動鞋知道跳跳今天要去參加馬拉松長跑呢！

跳跳眼睛卻盯着姐姐的高跟鞋，說：「哈哈，好漂亮的高跟鞋，我要穿，我要穿！」跳跳穿上高跟鞋走了。

猴姐姐美美來了，她今天要出席公司的一個酒會，需要穿高跟鞋。但是高跟鞋被跳跳穿走了，沒辦法，她只好穿着運動鞋出門了。

皮鞋知道猴弟弟淘淘今天要去參加歌唱比賽，需要穿皮鞋，但等來等去都不見淘淘來找他。皮鞋急了，跑到客廳去，找到淘淘，追着他嚷道：「穿我呀，穿我呀！」

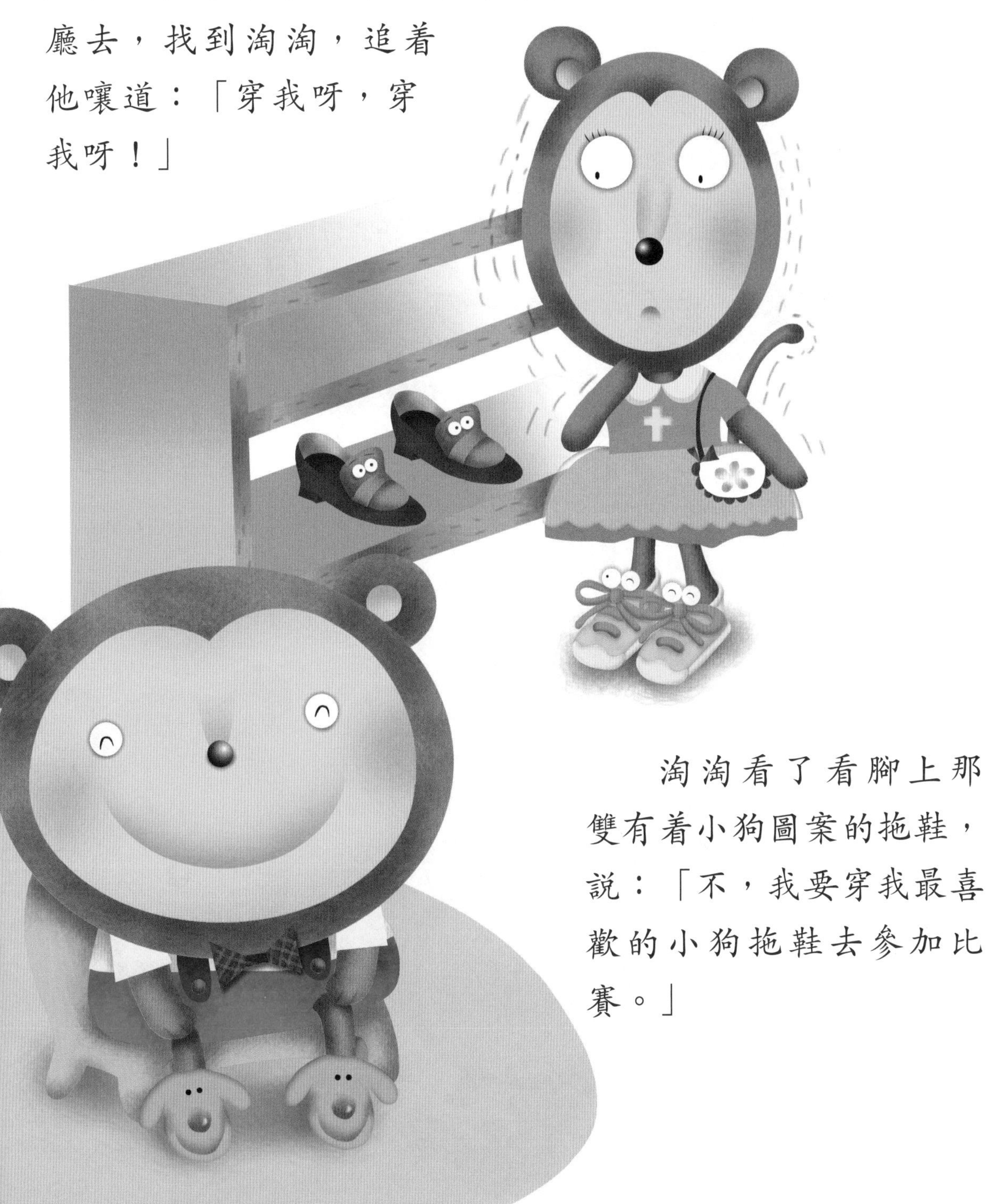

淘淘看了看腳上那雙有着小狗圖案的拖鞋，說：「不，我要穿我最喜歡的小狗拖鞋去參加比賽。」

下午，三隻猴子回來了，他們全都垂頭喪氣的。

跳跳穿着高跟鞋去跑馬拉松，跑了十幾米就摔倒了，沒法繼續跑下去；美美穿着運動鞋去參加酒會，守門的人說她打扮跟酒會不相配不讓她進去；淘淘穿着拖鞋去參加歌唱比賽，老師說他穿得太隨便不讓他上台。

唉唉唉，鞋子兵團不知怎樣去安慰他們才好。跳跳和美美的拖鞋體貼地走過來，跳跳和美美立刻脫下高跟鞋和運動鞋換上拖鞋，她們的腳馬上舒服多了。

「嘩啦啦！」天上突然下起大雨來，猴子們想起爸爸媽媽沒帶傘，顧不得心情不好，急忙拿着雨傘去找爸爸媽媽。原來機靈的雨靴們早就等在門口了，三隻猴子穿上雨靴，「咯吱咯吱」地走在雨中。哈，這回他們都穿對了，雨靴踩在雨水中，腳一點都不會濕呢！

理解故事

聽完故事後，請爸媽與孩子說一說有關故事的內容：

- 猴妹妹跳跳要參加什麼活動？她穿了什麼鞋子？
- 猴姐姐美美要去哪裏？她穿了什麼鞋子？
- 猴弟弟淘淘要參加什麼比賽？他穿了什麼鞋子？
- 三隻猴子穿對了鞋子嗎？為什麼？
- 下雨的時候，三隻猴子穿了什麼鞋子？這回他們穿對了嗎？

知識加油站

鞋子有不同種類和功能，例如在正式場合會穿皮鞋，運動時會穿運動鞋，在家時會穿拖鞋，下雨時會穿防水雨靴等。鞋子的設計和材料亦配合了不同功能的需要，例如踢足球的釘鞋，為了保持平衡而設計的舞蹈鞋，為潛水特製的蛙鞋等。

親子談心

請爸媽與孩子談一談對本故事的一些感受和啟發：

- 你喜歡的鞋子是怎樣的？
- 你曾經試過穿錯鞋子嗎？說說看。
- 你認為穿着合適的服飾重要嗎？為什麼？

心靈加油站

穿着合適的服飾是很重要的，例如運動時要穿着運動服、出席典禮時要穿着整齊的服飾，不能太隨便。因為除了要配合場合和需要之外，穿着得體也是一種禮儀，是對別人的一份尊重呢。

睡前遊戲

請爸媽預備大人拖鞋和孩子的拖鞋，讓孩子分別試穿，並在睡房裏行走一會，然後說說感受。當孩子穿上大人的拖鞋行走時會感到很有趣，不過要提醒孩子需穿着合適的鞋，才會舒適。

想做醫生的小貓

請用智能手機掃描下面的 QR code 聆聽故事。

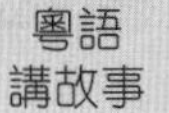

粵語
講故事

粵語
朗讀故事

猜測故事

聆聽故事前，請爸媽與孩子從本頁的故事名和插圖，猜一猜故事的內容：

- 小貓在做什麼？他手裏拿着的是什麼工具？
- 小貓長大後想做什麼行業？
- 小貓會聽到什麼呢？

文：馬翠蘿
圖：美心

想做醫生的小貓

小貓花花有一位很了不起的醫生爸爸。爸爸治好了很多生病的小動物，大家都非常尊重他，感激他。

花花很想像爸爸一樣，長大以後做一個受歡迎的醫生。於是，他悄悄地跑到爸爸的診所外面，在窗口看着爸爸工作。

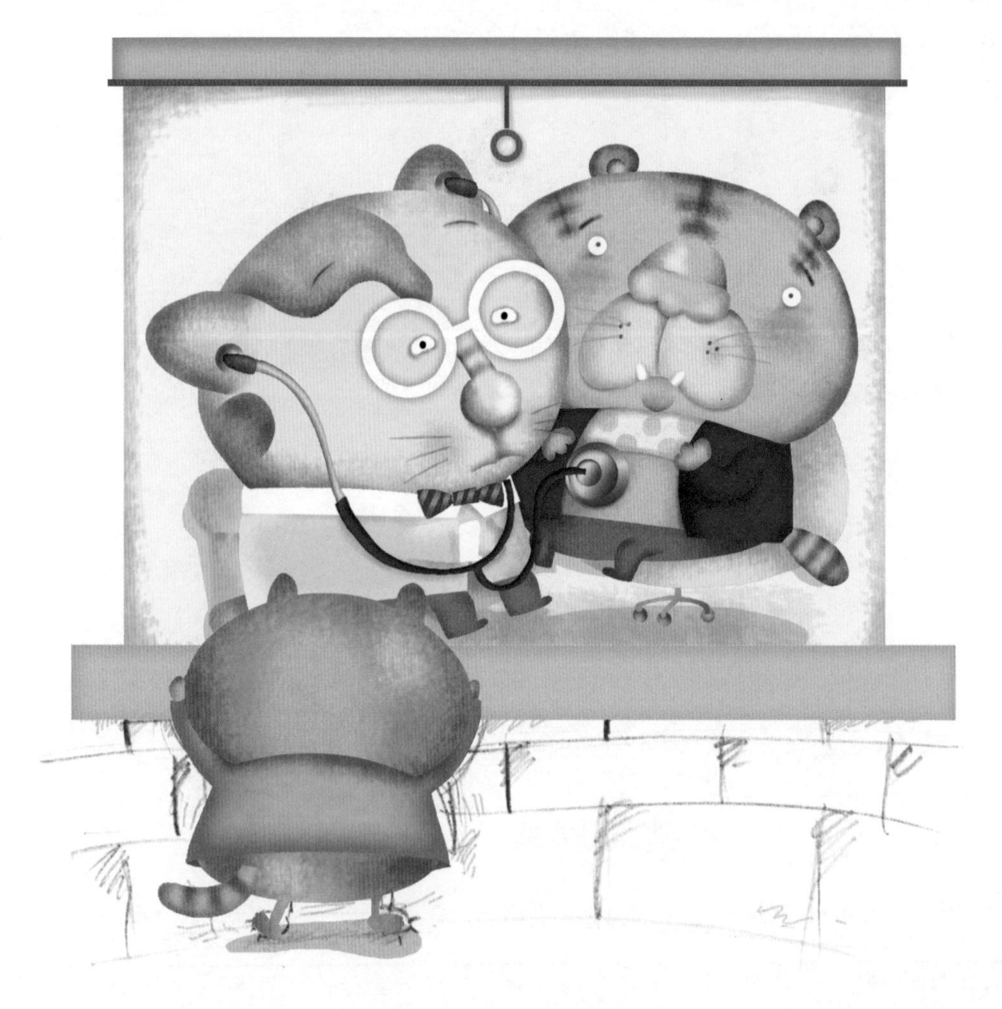

小老虎來了，他咳嗽得很厲害。爸爸拿起聽診器，把一個小喇叭似的東西按在小老虎的胸口上。他細心地聽了一會，說：「小老虎，你患感冒了。不要緊，我給你一些藥，吃了就會好了。」

小白兔來了，他沒精打采的。爸爸又用聽診器給小白兔聽了一會兒，然後說：「小白兔，你的心臟有點毛病，要注意休息，不要做太辛苦的工作……」

花花想，為什麼爸爸的聽診器一按到病人胸口上，就知道病人得了什麼病呢？一定是那裏有聲音告訴他，「我得了感冒了！」或者是，「我得了心臟病了！」

花花想，原來做醫生很容易呢！

晚上，花花趁着爸爸媽媽在看電視，悄悄地把聽診器拿走了。他跑到外面，見到幾隻小雞小狗在散步，便說：「大家好，我是花花醫生！」

小黑雞一聽，馬上說：「花花醫生，我今天胃口不好，連平日最愛的小蟲子都不想吃了，你給我看看吧！」

花花學爸爸那樣，把聽診器一端塞在耳朵裏，又把另一端按在小黑雞胸口。但是，並沒有什麼聲音告訴他小黑雞得了什麼病，他聽到的是一陣很響的「咚、咚、咚、咚」怪聲音，花花嚇得趕緊摘下聽診器，跑回家把這奇怪的事情告訴爸爸。

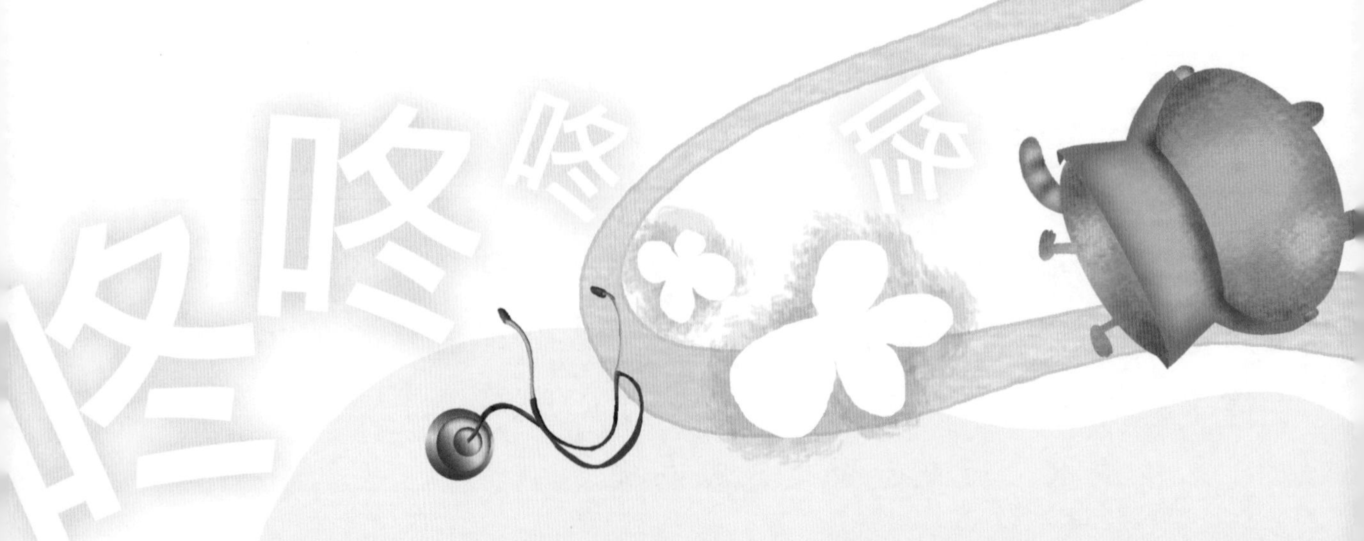

爸爸知道後，並沒有責備花花，他說：「聽診器是用來聽病人的心跳聲和呼吸聲的，根據這些聲音，就可以判斷病人得了什麼病……」

爸爸還說，以後會教花花更多的醫學知識，花花真高興！

理解故事

聽完故事後，請爸媽與孩子說一說有關故事的內容：

- 小貓花花的爸爸是做什麼工作的？他怎樣給老虎診治？
- 小貓花花的爸爸怎樣給小白兔診治？
- 小貓花花拿走了什麼？接着她遇到了什麼事情？
- 聽診器是用來做什麼的呢？

知識加油站

脈搏是心室收縮，血液經過左心室收縮輸送入主動脈時，血管產生的搏動現象。每次心跳就會產生一次脈搏。

親子談心

請爸媽與孩子談一談對本故事的一些感受和啟發：

- 你長大後想做什麼工作？為什麼？
- 你喜歡醫生的工作嗎？為什麼？
- 你覺得社會上的各行各業都重要嗎？為什麼？

心靈加油站

- 每種工作都有特定的技能和要求，不論我們長大後想做什麼，也要好好學習相關的知識，打好基礎，這亦是求學應有的態度。
- 小貓花花定下了人生目標，積極前進，為能夠學習知識而感到高興，是我們學習的好榜樣。

睡前遊戲

請孩子伏着爸媽的胸前，閉上眼睛，專心聽聽爸媽心跳的聲音是怎樣的。

閃電俠

請用智能手機掃描下面的 QR code 聆聽故事。

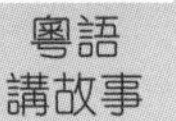

粵語
講故事

粵語
朗讀故事

猜測故事

聆聽故事前，請爸媽與孩子從本頁的故事名和插圖，猜一猜故事的內容：

- 你見過閃電嗎？閃電是怎樣的？
- 「閃電俠」這個名字有什麼特別意思？
- 你認為圖畫中的小男孩就是「閃電俠」嗎？他有哪些地方像「閃電」？

文：麥曉帆
圖：美心

閃電俠

小朗長得矮矮的、瘦瘦的，只是個普通的幼稚園學生，但大家都叫小朗做「閃電俠」。為什麼呢？因為他跑步可快了。

不過，這也讓他養成了一個習慣——無論他到哪裏，無論他做什麼，他都喜歡跑呀跑。

去幼稚園的路上，他總甩開媽媽的手，急急地跑着，結果常常摔跤。

玩遊戲的時候，他總是不按規矩跑來跑去，常常不小心撞跌了這個同學，又撞痛了那個同學，弄得大家沒法玩下去。

上課的時候，愛玩的小朗總會在最後一刻，才急急忙忙跑回座位，經常把同學的書呀顏色筆呀撞跌在地上。

吃晚飯的時候，他幫忙拿筷子，從廚房跑出飯廳時，不小心被椅子絆倒了，筷子掉到地上，全髒了……

媽媽說：「以後別再跑了……」

爸爸說：「該跑的時候跑……」

從那天起，爸爸每個晚上都帶着小朗，到家附近的公園慢跑。

小朗一邊跑一邊叫道：「這太好玩了。」

爸爸則笑着回答：「是啊！不過如果想跑步，公園、運動場和跑步徑才是適合的地方。在平時，千萬不要亂衝亂撞啊！」

於是，小朗在學校和家裏再也不亂跑了，走起路來小心翼翼，而且處處禮讓，避免撞到別人。

過了幾個星期，爸爸替小朗報名參加了兒童跑步比賽。大家猜猜小朗的成績如何？哈哈，當然是第一名了！

從此，小朗終於知道什麼時候該跑，什麼時候不該跑，還有應該在哪裏跑了。

理解故事

聽完故事後，請爸媽與孩子說一說有關故事的內容：

- 為什麼小朗被稱為閃電俠？他有什麼習慣？
- 總是喜歡跑來跑去的小朗，製造了什麼麻煩事？
- 爸爸說「該跑的時候跑」，是什麼意思？
- 小朗以後懂得怎樣做？

知識加油站

二至三歲的幼兒適合跑步、跳動和攀爬的活動，適度而有系統的運動，可以鍛煉幼兒的身體能力，包括大肌肉能力、耐力、平衡能力、柔韌度、協調能力及心肺功能等，促進大肌肉及小肌肉發展，使幼兒變得強健靈活。

親子談心

請爸媽與孩子談一談對本故事的一些感受和啟發：

- 你喜歡跑步嗎？為什麼？
- 你知道什麼時候可以跑、什麼時候不可以跑、應該在哪裏跑嗎？
- 你覺得為什麼小朗的爸爸會替小朗報名參加賽跑呢？
- 你有自己的專長嗎？是什麼？

心靈加油站

我們都很享受做自己喜歡的事，不過如果沒有顧及他人的感受，沒有考慮環境和場地是否合適，只是因為自己想做而做，便很容易傷害到別人。

睡前遊戲

一起與孩子瀏覽香港各區設有緩跑徑的地點的網站，安排假日的活動，來個家庭緩跑日。參考網址如下：

http://www.lcsd.gov.hk/tc/facilities/facilitieslist/districts.php?ftid=26

海灘真美麗

請用智能手機掃描下面的 QR code 聆聽故事。

粵語
講故事

粵語
朗讀故事

猜測故事

聆聽故事前，請爸媽與孩子從本頁的故事名和插圖，猜一猜故事的內容：

- 海灘上有什麼？
- 圖畫中的小男孩在做什麼？為什麼小海螺的樣子那麼不開心？
- 如果小男孩把海灘上的貝殼、小海螺等小生物撿走了，海灘還會美麗嗎？

文：馬翠蘿
圖：美心

海灘真美麗

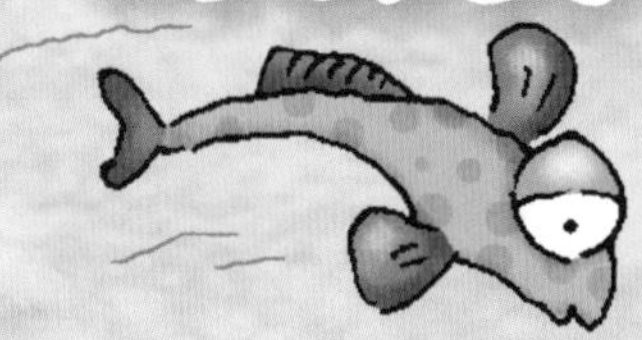

海灘真美麗！那裏有細細的、白白的沙子，五顏六色的貝殼，背着小房子散步的小海螺，用爪子在沙子上寫故事的小螃蟹，還有正在舉行跳遠比賽的彈塗魚……

小海螺正想去讀讀小螃蟹寫的故事，突然聽到一陣腳步聲和大聲的嚷嚷聲：「嘿嘿嘿，我來了！我來了！」

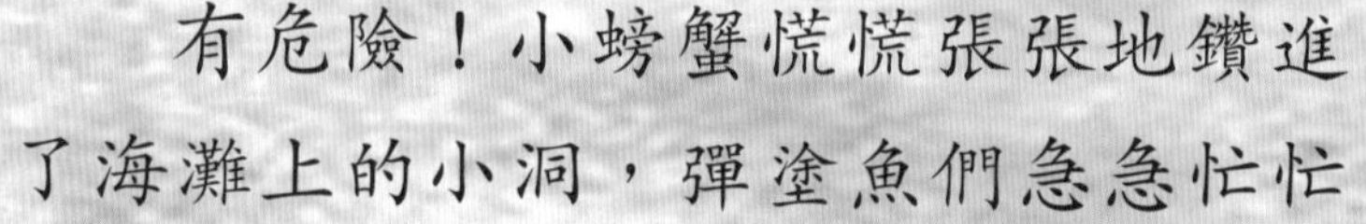

有危險！小螃蟹慌慌張張地鑽進了海灘上的小洞，彈塗魚們急急忙忙地跳進了海裏，只有小海螺來不及走，只好慌忙縮進小房子裏。

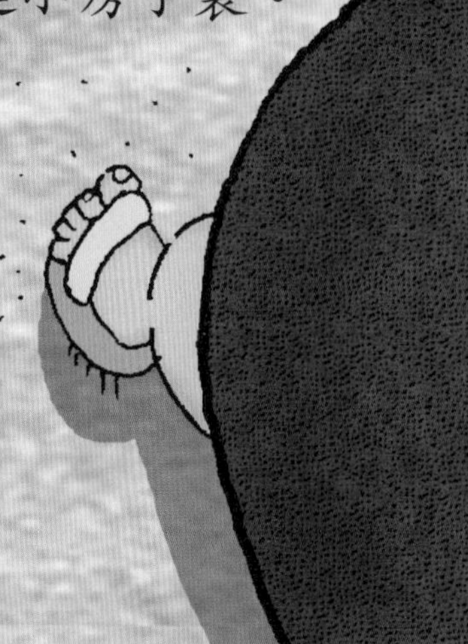

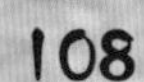

原來是一個胖胖的小男孩跑來了。

「啊，好有趣的小海螺！」小男孩彎腰撿起小海螺，看了又看，然後放進了口袋裏。

口袋裏黑咕隆咚的，小海螺害怕極了，他哭叫起來：「媽媽，媽媽呀！」

「啊，好漂亮的貝殼！」小男孩又在海灘上撿了很多色彩繽紛的貝殼，放進了口袋。

口袋裏響起一片驚慌的聲音：「我害怕！」「我想回家！」

可惜，小男孩聽不到他們的話，他仍然興致勃勃地撿着自己喜歡的東西。

這時候，來了一個小女孩：「弟弟，你不可以撿走這些貝殼。」

小男孩驚訝地問：「為什麼？」

小女孩說：「貝殼是給所有人欣賞的，你拿走了，海灘就不再美麗了。」

「啊，姐姐說得對！」小男孩趕緊把口袋裏的貝殼拿出來，放回海灘上。

他拿出小海螺，剛要放回海灘，又猶豫起來。他問小女孩：「姐姐，我可以把小海螺帶回家嗎？」

小女孩搖搖頭：「不可以，大海才是小海螺的家呢！」

小男孩點點頭，他把小海螺輕輕放回海灘上，說：「小海螺，記得早點回家啊，別讓你爸爸媽媽擔心！」

小海螺伸出小腦袋，開心地向姐弟倆點頭致謝。

這時候，小螃蟹從洞裏出來了，繼續寫他的故事；彈塗魚從水裏跳出來了，繼續進行他們的比賽；小貝殼們繼續在陽光下爭妍鬥麗……

海灘真美麗！

理解故事

聽完故事後，請爸媽與孩子說一說有關故事的內容：

- 海灘上有什麼小生物？牠們遇到了什麼危險？
- 小男孩做了什麼？為什麼小海螺那麼害怕？
- 為什麼小男孩不可以拿走貝殼和小海螺？
- 哪裏才是小海螺的家？

知識加油站

彈塗魚是兩棲魚類，全身呈灰褐色，有深色的斑紋，適合於泥澤爬行，尾部扁平，用兩個胸鰭支撐身體來彈跳。牠們喜歡掘洞穴，並吸食泥面的藻類及碎屑。香港濕地公園的紅樹林浮橋兩旁可見到彈塗魚。

親子談心

請爸媽與孩子談一談對本故事的一些感受和啟發：

- 你去過海灘嗎？你覺得海灘美麗嗎？為什麼？
- 你見過海灘上有哪些生物？
- 你會不會拿走海灘上的貝殼或小生物？為什麼？

心靈加油站

- 大自然是動物的家。我們要愛護大自然，不要因自己的喜好而隨意破壞。
- 因自己喜歡而將屬於大家的美好東西據為己有，是要不得的行為，我們要學會分享啊！

睡前遊戲

預備畫紙和顏色筆，與孩子一起畫海螺，並給牠們塗上不同顏色的貝殼。完成後請爸媽把小海螺剪出來，然後爸媽在牀上鋪好被子，當作大海，再把小海螺散放在被子上。跟孩子一起各拿着被子的一角，輕輕上下搖晃被子，小海螺就像隨着「海浪」般浮動起來。

香香的小村莊

請用智能手機掃描下面的
QR code 聆聽故事。

粵語
講故事

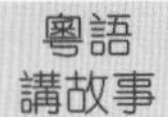

粵語
朗讀故事

猜測故事

聆聽故事前，請爸媽與孩子從本頁的故事名和插圖，猜一猜故事的內容：

- 圖畫中的小狗在做什麼？
- 圖畫中哪種東西會發出香氣？
- 為什麼小村莊是香香的呢？

文：馬翠蘿
圖：陳子沖

香香的小村莊

從前有一個美麗的小村莊，小村莊裏住了很多小動物。

小村莊前面有一條彎彎的小路，小動物們每天都會從小路經過。

一天，小路旁長出了一個香香的小花蕾，她雖然很弱小，但正在努力地長大。

太陽好猛烈啊，曬得小花蕾低垂着頭。小狗看見了，把耳朵搖呀搖的，給小花蕾搧着涼爽的風。小花蕾的香味沾到小狗身上，他帶着一身香氣回家。小狗的家成了一個香香的家。

寒風呼呼地颳，小花蕾冷得渾身打顫。一羣小白兔看見了，他們圍成一圈，給小花蕾擋住了寒冷的風。小花蕾的香味飄到小白兔身上，他們帶着一身香氣回家。小白兔的家成了一個香香的家。

大雨嘩啦啦，小花蕾的花瓣快被打掉啦！小鴨子看見了，她張開翅膀，給小花蕾擋住了雨。小花蕾的香味飄到小鴨子身上，她帶着一身香氣回家。小鴨子的家也成了一個香香的家。

每隻小動物路過都會看看小花蕾，幫幫小花蕾，他們的身上都沾上了香味，於是小村莊裏有了很多香香的家。

後來，小花蕾長成了一朵美麗的大紅花，小村莊也成了香香的村莊啦！

理解故事

聽完故事後，請爸媽與孩子說一說有關故事的內容：

- 小花蕾生長在哪裏？
- 在陽光猛烈的時候，小狗怎樣幫助小花蕾？
- 在寒風呼呼地颳的時候，小白兔們怎樣幫助小花蕾？
- 在下雨的時候，小鴨子怎樣幫助小花蕾？
- 為什麼小村莊裏有很多香香的家？

知識加油站

花能產生香氣，是因為在花瓣上有一種「油細胞」，會分泌出芳香油。芳香油有多有少，成分也不一樣。芳香油多一點的，香味就比較濃，少一點的，就只有淡淡清香。但有些花兒根本沒有油細胞，也不會製造其他芳香物質，所以幾乎沒有香味。

親子談心

請爸媽與孩子談一談對本故事的一些感受和啟發：

- 你覺得小狗、小白兔和小鴨子有愛心嗎？為什麼？
- 你願意愛護小花蕾，幫助小花雷成長嗎？為什麼？
- 你試過種花嗎？種花需要什麼？

心靈加油站

在別人有需要時，我們可以盡己所能去幫助他們，就像小狗、小白兔和小鴨幫助小花蕾一樣。

睡前遊戲

請爸媽預備會發出淡淡清香的物品，如小香囊、乾花或沾有淡香水的卡紙。在孩子睡時輕輕撥動，散發出淡淡香味，讓孩子進入甜甜的夢鄉。

影子不見了

請用智能手機掃描下面的QR code 聆聽故事。

粵語
講故事

粵語
朗讀故事

猜測故事

聆聽故事前，請爸媽與孩子從本頁的故事名和插圖，猜一猜故事的內容：

- 你找到自己的影子嗎？指指看。
- 為什麼棕熊哥哥會望着地面？有什麼東西會出現在地面上？
- 為什麼棕熊弟弟會哭？猜猜有什麼東西不見了？

文：馬翠蘿
圖：陳子沖

影子不見了

吃完晚飯，棕熊哥哥和棕熊弟弟在院子裏玩捉迷藏。

月光把兩隻小棕熊的影子投在地上，院子裏便有了四隻小熊——兩隻棕色的，兩隻黑色的。

　　兩隻小黑熊真是個好玩伴，小棕熊跑到東，他們也跟到東；小棕熊跑到西，他們也跟到西。大家都玩得好開心。

過了不久，一團厚厚的雲飄了過來，把月亮遮住了，院子裏只剩下兩隻小棕熊。

「我的影子不見了！」棕熊哥哥叫了起來。

「我的影子也不見了！」棕熊弟弟哭了起來。

爸爸來了！他拍拍棕熊哥哥的肩膀，又擦擦棕熊弟弟的眼淚，然後指着天空說：「別哭，別哭，月亮出來的時候，影子就會回來了！」

爸爸說得沒錯，一會兒，月亮從雲裏鑽了出來，棕熊哥哥和棕熊弟弟的影子也回來了。院子裏又有了四隻快樂的小熊，兩隻棕色的，兩隻黑色的。

理解故事

聽完故事後，請爸媽與孩子說一說有關故事的內容：

- 為什麼院子裏出現了兩隻棕熊，兩隻黑熊？
- 兩隻小黑熊其實是什麼？
- 為什麼月亮不見了，兩隻黑熊也不見了呢？
- 為什麼後來兩隻黑熊又再出現呢？

知識加油站

影子是光線被不透明物體阻檔而產生的陰暗部分，跟光源是反方向的，例如光源在你的背後，你的影子會在你前面的地上；如果光源在你的正面，你的影子就會在你身後的地面上。影子的大小和形狀會隨光源的距離和照射角度而改變。

親子談心

請爸媽與孩子談一談對本故事的一些感受和啟發：

- 你的影子在哪裏？
- 你有試過不見了影子嗎？是在什麼時候？
- 你覺得影子有趣嗎？為什麼？
- 你會像兩隻棕熊一樣，害怕失去影子嗎？

心靈加油站

別因一時失去而害怕，我們要鼓起勇氣去面對，有時候說不定會失而復得呢！

睡前遊戲

預先在卡紙上畫上不同的圖案，並做成鏤空狀，然後跟孩子一起用電筒照射卡紙，把鏤空形狀的影子投射在牆身，看看有趣的效果。

小剪刀利利

請用智能手機掃描下面的 QR code 聆聽故事。

粵語
講故事

粵語
朗讀故事

猜測故事

聆聽故事前，請爸媽與孩子從本頁的故事名和插圖，猜一猜故事的內容：

- 小剪刀有什麼用途？
- 圖畫中的小剪刀利利做了什麼事情？
- 二月二十日是什麼日子呢？

文：馬翠蘿
圖：陳子沖

小剪刀利利

利利是一把小剪刀的名字，他今天剛剛被小男孩暉暉從文具店買回家。

利利很想馬上幫暉暉做點什麼，可是暉暉回家後，就把他放在一邊，好像把他忘了似的。

噢，暉暉終於過來拿起小剪刀利利了。他用剪刀剪下一張日曆，自言自語地說：「二月二十日是我生日，還有十九天才到呢！爸爸說，到時他會送我一架小飛機。好想早點拿到禮物啊！」

暉暉睡了。利利想，怎樣才能幫暉暉早點拿到禮物呢？他突然靈機一動：要是馬上剪掉十九張日曆，那明天暉暉一覺醒來，不就可以過生日，可以拿到禮物了嗎？利利馬上把日曆一張一張地剪了下來，一直剪到了二月二十日那一天。

利利甜甜地入睡了，他做了個好夢，夢見暉暉手裏捧着小飛機，向他説謝謝！

大清早，利利就被暉暉叫醒了。暉暉指着日曆，問道：「利利，是你把日曆剪成這樣的嗎？」

利利趕緊點頭：「是呀，我想讓你快點過生日。」

暉暉說：「你真傻！你以為剪去十九張日曆，就過了十九天了嗎？一年三百六十五天，每天二十四小時，日子是要一天一天，一小時一小時地過的。而且，大人們常說，一寸光陰一寸金，我才不想失掉這十九天呢！十九天可以做很多事情，認字啦，看圖畫書啦，玩遊戲啦……」

暉暉說到這裏，從書包裏拿出一疊顏色紙：「如果你想幫忙的話，就幫我剪紙花吧。明天老師要帶我們到安老院，為那裏的公公婆婆表演小紅花舞呢！」

「好啊好啊！」利利很高興，他終於有事情做了。他幫暉暉剪紙做紙花，剪得又快又好！

理解故事

聽完故事後，請爸媽與孩子說一說有關故事的內容：

- 暉暉的生日在幾月幾日？
- 小剪刀利利為了讓暉暉早點拿到生日禮物，做了什麼事情？
- 暉暉發現小剪刀利利剪下了十九張月曆，為什麼不高興？
- 最後小剪刀利利幫暉暉做什麼？

知識加油站

剪刀的設計是運用了槓桿原理。中間一點是支點，我們手握剪刀的位置是施力點，利刀部分就是抗力點。當我們在施力點施力時，利刀部分會分別向上提起和向下壓，形成開合動作。兩片刀片會合的位置便可裁剪東西。

親子談心

請爸媽與孩子談一談對本故事的一些感受和啟發：

- 你試過用剪刀嗎？用來做什麼？
- 你會小心使用剪刀嗎？使用剪刀時要注意什麼？
- 你會像暉暉一樣善用時間嗎？你通常會怎樣安排時間？

心靈加油站

一寸光陰一寸金，時間不是金錢可以買回的，所以我們要好好珍惜和利用時間，去做有意義的事情，不要浪費啊！

睡前遊戲

與孩子一起做「較剪操」：

（1）先伸出右手的食指和中指，呈V字型，然後做開合動作；再伸出左手的食指和中指，做相同動作。最後可以兩手一起做動作。

（2）平躺牀上，伸直雙腿，呈V字型，然後做開合動作。

爸媽也可跟孩子玩猜拳遊戲啊！

小公雞找朋友

請用智能手機掃描下面的
QR code 聆聽故事。

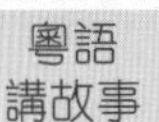

粵語
講故事

粵語
朗讀故事

猜測故事

聆聽故事前，請爸媽與孩子從本頁的故事名和插圖，猜一猜故事的內容：

- 圖中的小公雞在跟誰說話？
- 你覺得小公雞的態度怎樣？
- 你認為小公雞會找到朋友嗎？為什麼？

文：馬翠蘿
圖：麻生圭

小公雞找朋友

從前有一隻漂亮的小公雞，他的羽毛五彩繽紛，他的冠紅得像一團火，他的嗓音又洪亮又好聽。但可惜，他連一個朋友都沒有。為什麼呢？因為他是一隻驕傲的、不講禮貌的小公雞。

小公雞沒有朋友，每天都是自個兒到河邊散步，看看水裏的魚，看看岸上的花兒，看看天空的小鳥。他也很想看看河對岸有些什麼，但對面有座大山，把他的視線擋住了。

小公雞很不高興，就向着大山喊道：「笨蛋，我不喜歡你！」誰知道大山一點都不客氣，也馬上回了一句：「笨蛋，我不喜歡你！」

小公雞很生氣，說：「你走開，別擋住我！」大山又回了一句：「你走開，別擋住我！」

小公雞更氣了，他大嚷道：「你是大壞蛋！」誰知道大山也立即嚷着：「你是大壞蛋！」

小公雞氣得說不出話來。這時候，雞媽媽來了，她說：「大山有一個特點，就是你跟他說什麼話，他就會回應什麼話。如果你想大山對你講好話，你也得對他講好話！」

小公雞想想自己也有不對，是自己先說大山是笨蛋的。於是，他對大山喊道：「對不起！我不該說你是笨蛋！」話音剛落，大山就回應道：「對不起！我不該說你是笨蛋！」

小公雞聽到大山這樣說，很開心，又說：「我想跟你做朋友！」大山馬上回答：「我想跟你做朋友！」

小公雞高興地笑了，他想：原來對別人有禮貌，別人也會對你有禮貌，原來有禮貌就可以有朋友。

從那時候起，小公雞變得很有禮貌，他會跟人打招呼說「你好」，他會跟別人道歉說「對不起」，他會原諒別人說「沒關係」。

大家都喜歡有禮貌的小公雞，小公雞有了很多好朋友！

理解故事

聽完故事後，請爸媽與孩子說一說有關故事的內容：

- 小公雞的外貌漂亮嗎？為什麼小公雞沒有朋友？
- 當小公雞向着大山喊道：「笨蛋，我不喜歡你！」時，大山怎樣回答？
- 大山有什麼特點？
- 後來小公雞對大山說：「我想跟你做朋友。」時，大山怎樣回答？
- 最後小公雞為什麼會交到朋友呢？

親子談心

請爸媽與孩子談一談對本故事的一些感受和啟發：

- 你平日會跟別人打招呼嗎？在什麼時候？你會說什麼？
- 你做錯了事時，會跟別人說「對不起」嗎？
- 你覺得對人有禮重要嗎？為什麼？
- 你喜歡變得有禮貌的小公雞嗎？
- 除了要有禮貌，你覺得還要怎樣跟朋友相處呢？

知識加油站

回音是聲音的反射。當聲波遇到障礙物時，有一部分的聲波會反射。障礙物的表面越堅硬平滑，就越容易反射聲音。當我們向着遙遠寬闊的山崖呼叫時，有時會聽到回音，這些回音其實是從山崖石壁反射過來的。

心靈加油站

有禮貌、懂得尊重別人是待人處事時應有的態度，做個有禮貌的好孩子，人見人愛。

睡前遊戲

和孩子各執着被子的一端，然後把頭伸進被子內。孩子說一句，爸媽在被子的另一端重複孩子的話語，模擬回音效果。孩子可以說「我愛你」、「晚安」、「你好嗎？」等話語。

參觀水果店

請用智能手機掃描下面的 QR code 聆聽故事。

粵語
講故事

粵語
朗讀故事

猜測故事

聆聽故事前，請爸媽與孩子從本頁的故事名和插圖，猜一猜故事的內容：

- 圖中的是什麼地方？
- 圖中有什麼水果？小男孩會買什麼水果呢？

文：麥曉帆
圖：陳子沖

參觀水果店

這天，小奇來到舅舅開的水果店參觀。嘩，店裏的水果真多啊！它們整整齊齊地排列在架子上，一層疊着一層，遠遠看起來就像「花果山」。

小奇高興地說：「這裏的水果五顏六色的，真是太漂亮了。」

舅舅笑着說：「小奇，我來考考你，你能把所有水果的顏色都數出來嗎？」

小奇於是認真地數了起來。

蘋果是紅色的，草莓是紅色的，櫻桃也是紅色的；

橙子是橙色的，柿子是橙色的，枇杷也是橙色的；

香蕉是黃色的，檸檬是黃色的，梨子也是黃色的；

西瓜是綠色的，榴槤是綠色的，楊桃也是綠色的……

數着數着，小奇好奇地問：「舅舅，為什麼沒有灰色的水果呢？」

「有啊！」舅舅指着垃圾桶裏的一個橙子，說：「你看，這橙子不就是灰色的嗎？由於放得太久，它已經開始腐爛了，表皮都變成了灰色。腐爛的水果對我們是有害的哦，所以千萬不要吃變成灰色的水果，知道嗎？」

小奇點頭說：「舅舅，我知道了。」

為了獎勵小奇，舅舅送給他一個水果籃，裏面有各種顏色的水果，拼在一起，就像一道美麗的的彩虹，好漂亮啊！

理解故事

聽完故事後，請爸媽與孩子說一說有關故事的內容：

- 水果店裏有什麼水果？它們分別是什麼顏色的？
- 為什麼水果會變成灰色？
- 水果籃裏有什麼水果？它們是什麼顏色？

親子談心

請爸媽與孩子談一談對本故事的一些感受和啟發：

- 你喜歡什麼水果？你的爸爸媽媽喜歡什麼水果？
- 你到過水果店買水果嗎？買了什麼？
- 如果你要送水果給最好的朋友，你會送什麼水果？

睡前遊戲

預備一張白紙和顏色筆，請孩子在紙上畫上幾種不同顏色的水果，然後爸媽跟孩子玩「眼明手快」遊戲：爸爸／媽媽說出一種顏色，然後孩子跟爸爸／媽媽立即用手按着該顏色的水果，並說出水果名稱，看看誰較快。

知識加油站

不同顏色的水果，各有不同的營養價值：

- 紅色，含豐富的甜菜紅素，可抗氧化。例子：紅石榴。
- 橙色，含高水溶性纖維，有助降低膽固醇和增強視力。例子：木瓜。
- 黃色，含高鉀質，有助降血壓，排出多餘鈉質。例子：香蕉。
- 綠色，含豐富維他命C，增強抵抗力。例子：奇異果。

心靈加油站

- 農夫辛勤地種出水果，我們購買後要及時進食，以免水果腐壞導致浪費。
- 水果含有豐富的營養又美味，小朋友可以多跟家人和朋友分享啊。

汽水雨

請用智能手機掃描下面的 QR code 聆聽故事。

粵語
講故事

粵語
朗讀故事

猜測故事

聆聽故事前，請爸媽與孩子從本頁的故事名和插圖，猜一猜故事的內容：

- 圖中的雨水是什麼顏色的？
- 你知道圖中的雨水是什麼飲料嗎？
- 男孩喝得痛快嗎？如果他不停地喝下雨水會有怎樣的後果？

文：馬翠蘿
圖：陳子沖

汽水雨

小強最喜歡喝汽水了！可是，媽媽卻總不讓他痛快地喝。媽媽老是説：「小強呀，汽水喝多了對身體不好！」

小強最不願意聽這些話了，人家就是喜歡喝嘛！

一天，天上滴滴答答地下起雨來。小強靠在窗口，心想要是天上下汽水雨就好了，那時候，只要張開嘴巴就可以痛痛快快地喝，想喝多少就喝多少，也不用媽媽管，多好啊！

忽然，一滴雨飄到他的嘴邊，他用舌頭舔了舔，啊，甜的，是汽水呢！他不敢相信，又張開嘴去接了幾滴嘗嘗，真是汽水呢！他驚喜地跑出門外，大聲嚷着：「天上下汽水雨啦！天上下汽水雨啦！」

小朋友們聽見了，都紛紛跑出家門，大家爭先恐後地喝起汽水來。有的用小杯子接了喝，有的用雙手捧着喝，有的乾脆張開嘴巴，讓甜甜的汽水直接落進嘴裏。

汽水雨下了一個多小時才停下來，小強和小朋友們也痛痛快快地喝了一次汽水。

小強挺着脹鼓鼓的肚子回到家，剛好是晚飯時分。可是，小強看着滿桌子又香又有營養的晚餐，卻一點也吃不下。

媽媽說：「你現在該明白了吧！汽水裏有很多糖分，喝多了對身體有害，也影響食慾。」

小強點點頭，說：「嗯，我明白了。」

理解故事

聽完故事後，請爸媽與孩子說一說有關故事的內容：

- 為什麼媽媽不讓小強痛快地喝汽水？
- 天上突然下起雨來，雨水是什麼來的？為什麼小強那麼開心？
- 小強喝了多久？回到家時已是什麼時分？
- 雖然晚餐又香又有營養，可是小強吃不下了，為什麼？

知識加油站

汽水是一種碳酸飲料，糖分很高，喝得太多，胃部被汽水填滿了，便會吃不下其他有營養的食物，而且會增加癡肥和患糖尿病的機會。而汽水有不同的顏色，是因為加入了食用色素。所以小朋友不宜喝太多啊！

親子談心

請爸媽與孩子談一談對本故事的一些感受和啟發：

- 你喝過汽水嗎？你喜歡喝汽水嗎？
- 如果你是小強，你會毫不節制地喝汽水雨嗎？為什麼？
- 你試過吃太多甜食而吃不下午 / 晚餐嗎？當時的情況是怎樣的？

心靈加油站

有營養的食物才能滋潤身體，要珍惜家人為你準備的營養美食啊！

睡前遊戲

與孩子一起想想哪些飲料比較有營養，例如：牛奶、橙汁、甘筍汁等，然後跟孩子一起唸唸以下的兒歌，並設計動作。每次可更換飲料的名稱。

嘩啦啦！下雨了！
雨水變成了什麼？
是牛奶，是牛奶。
喝適量，不過多。

雨衣怪

請用智能手機掃描下面的QR code聆聽故事。

粵語
講故事

粵語
朗讀故事

猜測故事

聆聽故事前，請爸媽與孩子從本頁的故事名和插圖，猜一猜故事的內容：

- 圖中有多少隻小白兔？他們為什麼疊在一起？
- 誰是雨衣怪呢？
- 你心目中的雨衣怪是怎樣的呢？

文：馬翠蘿
圖：陳子沖

雨衣怪

從前有三隻小白兔，大哥叫真真，二哥叫聰聰，弟弟叫明明。

有一天，真真、聰聰和明明去探望外婆，半路上下起雨來了，幸好出門時媽媽讓他們帶上了爸爸的雨衣。爸爸的雨衣又寬又大，三兄弟躲在裏面，再也不怕雨了！

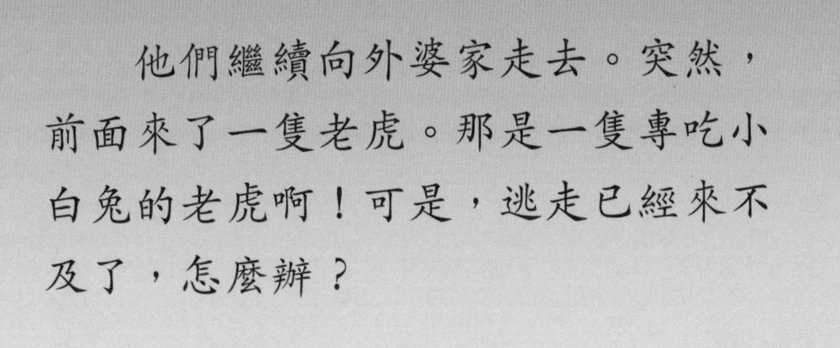

他們繼續向外婆家走去。突然，前面來了一隻老虎。那是一隻專吃小白兔的老虎啊！可是，逃走已經來不及了，怎麼辦？

真真想了個主意：「聽聽站到我肩上，明明站到聽聽肩上，我們來扮雨衣怪，把老虎嚇跑吧。」兩個弟弟馬上按哥哥說的做了，但最上面的明明站不穩，要掉下來了，他趕快折了根長長的樹枝，往地上一撐。

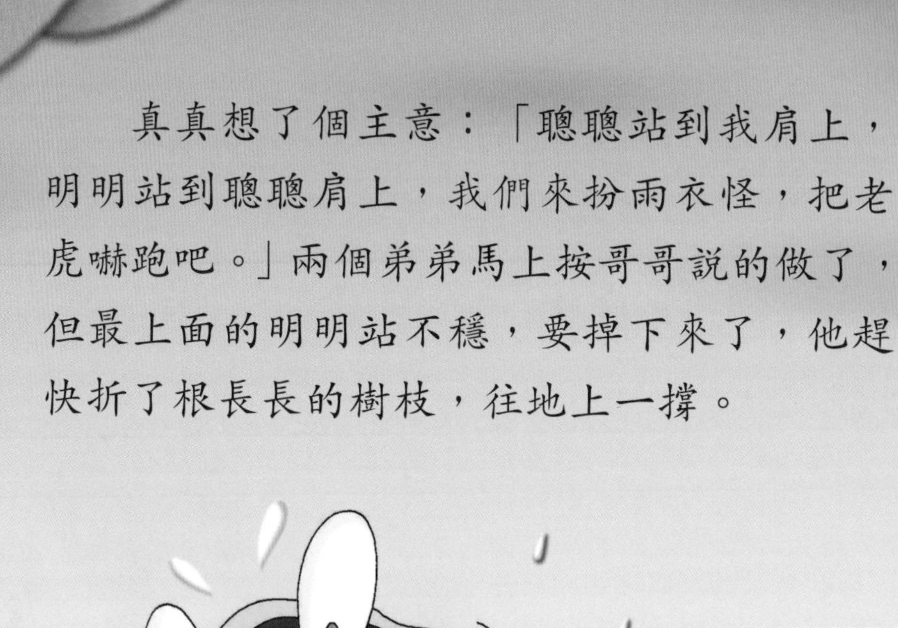

這時，老虎走過來了！他看到小白兔扮成的雨衣怪，害怕得停住了腳步，心想：前面這個高高瘦瘦的是什麼妖怪呀！啊，他手裏還拿着一根長長的武器呢！

「救命啊！」老虎扭頭就跑，一會兒連影子都不見了。

笨老虎被嚇跑了！三兄弟開心地哈哈大笑起來。

他們披着雨衣，繼續往外婆家走去了。

理解故事

聽完故事後，請爸媽與孩子說一說有關故事的內容：

- 下雨了，三隻小白兔披上了誰的雨衣？
- 他們要到哪裏去？途中遇到了誰？
- 三隻小白兔想到了什麼保護自己的方法？
- 老虎看見了什麼？他為什麼那麼害怕？

知識加油站

老虎是貓科類動物中最大的，牠們是吃肉獸，身體有黃色和紅色的毛，有黑色和棕色的條紋，也有身體是白色有斑紋的老虎。每隻虎臉上的斑紋都不同，就像人類的指紋一樣。老虎的視力非常好，而且虎鬚非常敏銳，有助牠探測身邊的環境。

親子談心

請爸媽與孩子談一談對本故事的一些感受和啟發：

- 你覺得三隻白兔兄弟的感情怎樣？
- 你有兄弟姊妹嗎？你喜歡他（們）嗎？
- 如果你的兄弟姊妹遇到困難，你會幫助他（們）嗎？為什麼？

心靈加油站

兄弟姊妹可以一起分享喜悅，也能互相扶持，這是一種幸福。小朋友，要好好珍惜和愛護你的兄弟姐妹啊！

睡前遊戲

預備不同形狀的積木（如沒有積木，可以用家中小型的、不同立體形狀的物品代替）。與孩子一起玩疊積木遊戲，想像其中三塊積木是故事中的白兔三兄弟，然後嘗試以最穩健的方法把積木疊起。爸媽可以鼓勵孩子繼續疊高積木，直至倒下來為止。過程中，爸媽可以讓孩子看看哪些形狀很易倒下，哪些形狀會較穩健。

彬彬的襪子

請用智能手機掃描下面的
QR code 聆聽故事。

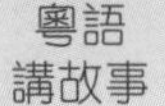

粵語
講故事

粵語
朗讀故事

猜測故事

聆聽故事前，請爸媽與孩子從本頁的故事名和插圖，猜一猜故事的內容：

- 圖中的襪子是誰的？
- 為什麼襪子會被丟到垃圾筒裏？
- 你覺得只剩下一隻襪子，男孩還會繼續穿着嗎？

文：馬翠蘿
圖：陳子沖

彬彬的襪子

彬彬有兩雙漂亮的襪子，一雙畫着小狗，一雙畫着小貓。

有一天，彬彬的小狗襪子破了一隻，露出了小腳趾。另一隻小狗襪子雖然沒有破，但總不能只穿一隻襪子上街啊，彬彬只好把兩隻小狗襪子都扔了。

過了不久，彬彬的小貓襪子也破了一隻，露出了大腳趾。另一隻小貓襪子雖然沒有破，但總不能只穿一隻襪子上街啊，彬彬只好把兩隻小貓襪子都扔了。

沒有了心愛的小狗襪子和小貓襪子，彬彬很不開心。這時候，媽媽笑瞇瞇地拿來一包東西，說：「彬彬，媽媽送你一份禮物！」

彬彬一看，原來是一雙襪子，一隻畫着小狗，一隻畫着小貓。彬彬高興得叫了起來：「媽媽，您從哪兒買來了這雙小狗小貓襪子，真好看！」

媽媽笑着說：「不是買的，是撿回來的！一個小朋友把它們扔掉，我把它們撿回來了。」

彬彬嚷嚷起來：「這小朋友叫什麼名字？我要去跟他說。多好的襪子啊，怎麼就扔了呢？」

媽媽笑着說：「這個小朋友的名字叫彬彬。」

彬彬拚命搖頭：「啊！不會的，我不會把這麼好看的襪子扔掉的！」

突然，彬彬住了聲，他想起來了：自己之前不是扔過兩雙襪子嗎？那兩雙襪子裏都各有一隻破襪子和一隻好襪子。一定是媽媽把好襪子撿回來，湊成了一雙小狗小貓襪子。媽媽真聰明！

後來，每當彬彬的襪子破了一隻，他都會把另一隻好的保留起來，準備以後和別的襪子配對，湊成一雙好看又有趣的襪子。

理解故事

聽完故事後，請爸媽與孩子說一說有關故事的內容：

- 彬彬原本有兩雙襪子，分別畫有什麼圖案？
- 彬彬為什麼要扔掉那兩雙襪子？
- 彬彬媽媽送了什麼禮物給彬彬？是怎樣得來的呢？
- 彬彬媽媽用了什麼方法湊成一雙小狗小貓的襪子？

親子談心

請爸媽與孩子談一談對本故事的一些感受和啟發：

- 你試過破了一隻襪子嗎？你會怎樣做？
- 如果你是彬彬，你會把一雙襪子都扔掉嗎？為什麼？
- 你覺得彬彬媽媽的方法是不是很好？為什麼？

睡前遊戲

預備爸媽和孩子的襪子，跟孩子一起玩配對襪子遊戲，完成後並整齊放好，看看誰做得最快，最有條理。爸媽也可教孩子如何摺疊襪子。

知識加油站

環保 3R 是保護環境最基本的三個原則：

- 減少使用 (Reduce)，例如不使用膠袋。
- 重複使用 (Reuse)，例如使用可清洗的食具，不用紙杯或其他即棄的餐具。
- 循環再造 (Recycle)。收集用過的產品，清潔、處理之後再製成新產品或捐出。一般而言，用玻璃、紙、鋁、金屬、塑料製造的物品是可以回收的。

心靈加油站

- 壞了的東西是否一定要丟掉呢？有沒有可以重用、修補的方法？小朋友，在隨意丟東西前你可以想一想，怎樣為保護地球出一分力啊！

被蚊子追的維維豬

請用智能手機掃描下面的 QR code 聆聽故事。

粵語
講故事

粵語
朗讀故事

猜測故事

聆聽故事前，請爸媽與孩子從本頁的故事名和插圖，猜一猜故事的內容：

- 小豬們到哪兒去了？
- 圖中誰是維維豬？你怎樣知道？
- 維維豬為什麼會被蚊子追呢？

文：馬翠蘿
圖：陳子沖

被蚊子追的維維豬

從前有隻小豬，大家都叫他維維豬。

這天是重陽節，維維豬跟小伙伴們去登高。媽媽說：「山上草木多，蚊子也多，你出門時記得穿一件淺色的衣服。還有，記得帶上蚊怕水啊！」

維維豬想：「淺色衣服是衣服，深色衣服也是衣服，為什麼一定要穿淺色衣服呢？我偏不穿！」

他又想：「我可是一個男孩子啊，才不用帶什麼蚊怕水呢！」

於是，維維豬從衣櫃裏拿出一件黑色的衣服穿上，然後興高采烈地出門了。

山上的風景很美麗，山上的空氣很清爽，但是山上的蚊子也很喜歡咬人。牠們看見來了一羣小豬，便爭先恐後地飛過來了。奇怪的是，牠們專追着維維豬咬，咬一口，維維豬身上就腫了一個小包包。

「救命啊！救命啊！」維維豬被咬得又痛又癢，不禁抱着頭逃跑。

可是，維維豬逃到東，蚊子就追到東，維維豬逃到西，蚊子就追到西。維維豬急得快要哭了。

同學白白豬拿出蚊怕水給維維豬塗上，又脫下自己身上的白色衣服給維維豬穿，不一會兒，蚊子全飛走了。

維維豬鬆了一口氣，這時，他才發現白白豬和別的小豬都穿着淺色衣服，身上都塗了蚊怕水。他終於明白，為什麼蚊子只咬自己不咬他們了。

原來蚊子喜歡咬穿深色衣服的豬呢！只怪自己不聽媽媽的話，穿了一件黑色衣服，又不帶蚊怕水，結果成了蚊子的大餐。

以後，自己一定要像別的小豬那樣，好好聽爸爸媽媽的話。

知識加油站

蚊子的嘴巴尖而細，當刺入人體皮膚吸吮血液時，牠會把毒素留在該處。當毒素發揮作用時，被叮咬的地方便會出現腫塊，並且發癢。

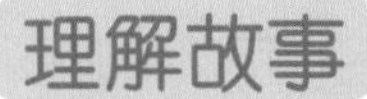

聽完故事後，請爸媽與孩子說一說有關故事的內容：

- 媽媽叮囑維維豬要做什麼？為什麼他不肯聽媽媽的話？
- 維維豬在山上遇到什麼事情？
- 白白豬怎樣幫助維維豬？
- 為什麼蚊子只追着維維豬？

親子談心

請爸媽與孩子談一談對本故事的一些感受和啟發：

- 你試過被蚊子叮嗎？感覺怎樣？
- 你知道預防或驅蚊的方法嗎？
- 如果你是維維豬，你會聽媽媽的話嗎？為什麼？
- 你曾經因為不聽爸媽的話而受到教訓嗎？事情經過是怎樣的？

心靈加油站

- 虛心接受長輩意見，才不會亂碰釘子。
- 朋友遇到困難時，我們可以盡自己所能幫助他們。

睡前遊戲

與孩子一起邊唱《打開蚊帳》，一邊模擬驅蚊動作：

打開蚊帳、打開蚊帳，
有隻蚊、有隻蚊，
快的攞把扇嚟、快的攞把扇嚟，
撥走佢、撥走佢。

送給祖母的聖誕卡

請用智能手機掃描下面的 QR code 聆聽故事。

粵語
講故事

粵語
朗讀故事

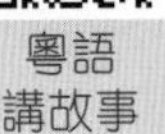

猜測故事

聆聽故事前，請爸媽與孩子從本頁的故事名和插圖，猜一猜故事的內容：

- 小兔在製作什麼東西？
- 小兔畫了什麼？
- 小兔想把聖誕卡送給誰？

文：馬翠蘿
圖：靜宜

送給祖母的聖誕卡

聖誕節快到了，動物幼稚園裏的小朋友好忙碌啊！他們又是剪又是貼，又是寫又是畫，忙着做聖誕卡送給最喜歡的人。

小兔白白首先給爸爸做聖誕卡。爸爸最喜歡旅行，最喜歡看風景，所以小兔白白在聖誕卡上畫了高高的山，清清的水。

小兔白白接着給媽媽做聖誕卡。媽媽最喜歡做好吃的菜，所以他在聖誕卡上畫了紅紅的蘿蔔、青青的菜。

　　小兔白白最後給祖母做聖誕卡，他做得特別用心，特別認真，他想做一張最漂亮的聖誕卡給祖母。給祖母畫什麼好呢？祖母最喜歡的是什麼呢？小兔白白想啊想。

祖母住在森林的另一頭，小兔白白跟爸爸媽媽每逢假日就去看祖母。每次見面，祖母都摟着小兔白白親個沒完，然後又把家裏好吃的東西都捧出來給小兔白白吃。噢，小兔白白知道祖母最喜歡的是什麼了！

小兔白白在給祖母的聖誕卡上，畫了一個滿臉笑容的小兔白白，他相信，這一定是祖母最喜歡的。

理解故事

聽完故事後，請爸媽與孩子說一說有關故事的內容：

- 動物幼稚園裏的小朋友都忙着做什麼？
- 小兔白白在給爸爸和媽媽的聖誕卡上分別畫了什麼？為什麼牠會畫這些東西？
- 小兔白白在給祖母的聖誕卡上畫了什麼？你認為祖母會喜歡嗎？

知識加油站

相傳於1844年，英國女王維多利亞和太子想慶祝聖誕節，他們寫信邀請貴族的小孩到温莎堡參加聖誕節宴會，並在邀請卡上寫了一些祝福語句。於是大家便開始仿傚，在卡片上寫上祝福語，然後送給別人，互相祝賀，這就是聖誕卡的由來之一。

親子談心

請爸媽與孩子談一談對本故事的一些感受和啟發：

- 你覺得小兔白白有用心和認真地做聖誕卡嗎？為什麼？
- 你會製作聖誕卡送給家人或朋友嗎？你想送給誰？
- 你知道爸爸、媽媽、(外)祖父和(外)祖母喜歡什麼嗎？

心靈加油站

家人之間要互相關懷、體諒和尊重，用心去愛和了解彼此的需要。

睡前遊戲

預備一首聖誕歌，跟孩子一起隨着歌曲自由擺動，做出不同的動作，來個睡前運動！

小樂的十元

請用智能手機掃描下面的 QR code 聆聽故事。

粵語
講故事

粵語
朗讀故事

猜測故事

聆聽故事前，請爸媽與孩子從本頁的故事名和插圖，猜一猜故事的內容：

- 圖中的小男孩手裏拿着多少錢？
- 你覺得他會用那十元做什麼？他會買香噴噴的雞腿和美味的雪糕嗎？

文：馬翠蘿
圖：立雄

小樂的十元

小樂拿着十元出門了。

這是他一直捨不得用的十元啊！他一直留着，就是為了要在今天——媽媽生日的日子裏，給媽媽買一枝美麗的玫瑰花。一枝玫瑰剛好十元呢！

經過賣雞腿的小店，香噴噴的雞腿引得小樂直流口水，但他堅決地走了過去；經過雪糕店，五顏六色的雪糕讓小樂忍不住偷眼去瞧瞧，但最後他還是頭也不回地走過去了……

終於走到花店了，小樂正要走進去買花，門口一個捧着募捐箱的哥哥對小樂說：「小弟弟，請捐點錢吧，我們是為孤兒院籌款的，籌得的款項，會用作支持那些失去父母的孩子的生活。」

小樂看着手裏的十元，覺得很為難。他想為孤兒們出點力，又想在媽媽生日時送她一份驚喜，究竟該怎麼辦呢？

想着，想着，他走進了花店，看到一朵朵美麗的玫瑰花被包在透明紙裏，還綁上了一根粉紅的絲帶，好看極了，相信媽媽收到了一定會很開心。

他猶豫着：捐錢？還是買花？

花店的姐姐對小樂説：「小朋友，要買花嗎？」

小樂説：「姐姐，我想買朵花給媽媽，又想給孤兒院捐錢，可是我只有十元。」

「好孩子，真乖！」姐姐挑了一朵稍為小一點的玫瑰，遞到小樂手裏，「這朵玫瑰我只收你六元，剩下的四元，你可以捐給孤兒院。」

「謝謝姐姐！」小樂高興極了。

小樂快快樂樂地捐了四元給孤兒院，又歡天喜地地拿着玫塊花回家了。

理解故事

聽完故事後，請爸媽與孩子說一說有關故事的內容：

- 小樂想用十元去買什麼？
- 小樂在花店前遇到了誰？發生什麼事情？
- 最後小樂怎樣運用那十元？

知識加油站

做善事有很多途徑，賣旗、步行籌款、慈善比賽、送暖行動、捐贈舊衣物、舊書籍等。在香港也有很多慈善團體或機構，例如保良局、東華三院、香港公益金等，會籌辦各種慈善活動幫助有需要的人。

親子談心

請爸媽與孩子談一談對本故事的一些感受和啟發：

- 你覺得小樂有什麼值得學習的地方？
- 如果你是小樂，你會選擇買花給媽媽，還是捐錢呢？為什麼？
- 你喜歡做善事嗎？你會做什麼善事？

心靈加油站

- 除了捐款，我們也可以身體力行，以行動來支持和幫助有需要的人。
- 抱着一顆關懷別人的心，能使自己和別人都感到快樂。

睡前遊戲

預備心形卡，睡前跟孩子分享一天裏發生過的事情。當中有沒有孩子幫助過別人的事，關心別人或孩子自己做得好的事，然後爸媽給孩子送上一張心形卡和一個親吻。

看不見的舌頭

請用智能手機掃描下面的QR code聆聽故事。

粵語講故事　粵語朗讀故事

猜測故事

聆聽故事前，請爸媽與孩子從本頁的故事名和插圖，猜一猜故事的內容：

- 你的舌頭在哪裏？
- 你看得見圖中小男孩的舌頭嗎？
- 小男孩做了什麼？其他客人的反應是怎樣的？

文：麥曉帆
圖：葉曉文

看不見的舌頭

小朋友，你們知道什麼是五官嗎？對了，真聰明，五官就是指眼、耳、口、鼻、舌頭。

這天，五官的主人要去參加一個宴會，出發前，五官的司令官——大腦，向他們下達了命令：「主人今天參加的宴會非常重要，希望你們好好表現自己。」

眼、耳、口和鼻聽了都很興奮，只有舌頭悶悶不樂的。

「這實在太不公平了。」舌頭想，「在五官之中，我是唯一一個不容易被人看見的器官！我根本沒機會向人們表現自己！不行，我一定要想個辦法……」

於是，當宴會開始時，舌頭便總是爭着從主人的嘴巴裏鑽出來，試圖讓其他客人注意到自己。沒想到，這卻讓舌頭的主人出盡洋相，別的客人都想：這人怎麼整天扮鬼臉呀！

「停下！你到底在幹什麼呀？」大腦連忙阻止舌頭，「你會讓主人出醜的！」

舌頭委屈地說：「我只是想讓大家注意到我而已，五官之中，只有我是沒法被看見的，我根本就沒機會表現自己。」

「你真傻，你當然有機會表現自己。」大腦又好氣又好笑，「如果沒有你的話，待會兒主人吃飯的時候，就嘗不到食物的味道了。別人雖然看不見你，但對喜歡品嘗美食的主人來說，你很重要啊！」

舌頭明白過來了，他乖乖地躲在嘴巴裏，做着自己應該做的事。

理解故事

聽完故事後，請爸媽與孩子說一說有關故事的內容：

- 五官是指什麼？它們分別掌管哪些感覺？
- 為什麼說大腦是司令官呢？
- 為什麼舌頭會覺得悶悶不樂呢？
- 舌頭為想表現自己，做了什麼事情？
- 舌頭的工作是什麼？

親子談心

請爸媽與孩子談一談對本故事的一些感受和啟發：

- 你認為舌頭做得對嗎？為什麼？
- 你覺得五官之中哪個最重要？為什麼？
- 你有好好保護五官嗎？你會怎樣做？
- 你希望受別人注意嗎？為什麼？

睡前遊戲

預備牛奶、白開水、不同味道的餅乾等，然後用小手巾蒙着孩子雙眼，請孩子用舌頭嘗嘗不同食物的味道，猜猜是什麼食物。玩完之後，別忘了請孩子刷牙啊！

知識加油站

- 舌頭的表面長有許多味蕾，味蕾能辨別出甜、酸、苦、鹹等各種不同的味道。當味蕾將感覺傳到大腦後，大腦便傳送信息給舌頭，分辨出是什麼味道。舌頭除可以嘗味道外，也可以幫助我們說話和吃東西。
- 五官還可以指眼、耳、鼻、口、眉；眼、耳、口、鼻、身等。

心靈加油站

- 每個人都一定有自己的天賦與才能，就如故事中的五官一樣，各有所長，各司其職，就能發揮自己的功用。
- 舌頭渴望表現自己的才華，卻忘了顧全大局，這樣是不會把事情做得好。

小圓和小方

請用智能手機掃描下面的
QR code 聆聽故事。

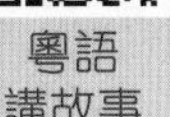

粵語
講故事

粵語
朗讀故事

猜測故事

聆聽故事前，請爸媽與孩子從本頁的故事名和插圖，猜一猜故事的內容：

- 圖畫中誰是小圓？誰是小方？
- 小圓和小方正在做什麼？
- 猜猜小圓和小方為什麼生氣呢？

文：麥曉帆
圖：Paper Li

小圓和小方

一個下午，小圓和小方在一起玩耍，玩着玩着，為了一點小事吵起架來。

小圓生氣地說：「我討厭小方！」小方也生氣地說：「我討厭小圓！」小圓用鼻子哼了一下，說：「我連方形的東西也討厭！」小方也用鼻子哼了一下，說：「我連圓形的東西也討厭！」

兩人不玩了，各自回家去。

小圓回到家。她畫畫，發現畫紙是方形的；她看圖書，發現圖書是方形的；她看電視，發現電視機是方形的；她打遊戲機，發現遊戲機是方形的……

小圓想：原來方形的東西一點也不討厭，同時她也想起小方的可愛了。

小方回到家。他去喝水，發現杯子是圓形的，水壺也是圓形的；吃飯了，他發現飯桌是圓形的，飯碗是圓形的，碟子也是圓形的；他吃水果，發現橙是圓形的，西瓜也是圓形的……

小方想：原來圓形的東西一點也不討厭，他同時也想起小圓的可愛了。

小圓走到方形的電話機前，給小方打了個電話：「我不討厭小方了，我也不討厭方形的東西了。」

小方對着圓形的電話話筒，告訴小圓：「我不討厭小圓了，我也不討厭圓形的東西了。」

理解故事

聽完故事後，請爸媽與孩子說一說有關故事的內容：

- 小圓和小方發生了什麼事情？
- 小圓發現哪些方形的東西？
- 小方發現哪些圓形的東西？
- 最後小圓和小方有沒有和好如初？

知識加油站

- 圓形和方形都是幾何圖形，各有特性。圓形的邊稱為圓周，中心點稱為圓心。圓形的物體大部分都能滾動。
- 方形是有四隻角、四條邊的幾何圖形，而且四角都是直角(即 90 度角)，而正方形的四邊長度是相等的。

親子談心

請爸媽與孩子談一談對本故事的一些感受和啟發：

- 如果好朋友做了令你生氣的事情，你會怎樣做？
- 你有哪些好朋友？你會跟朋友融洽相處嗎？
- 你試過跟朋友吵架嗎？為了什麼事情？你們怎樣和好？

心靈加油站

與人相處難免會有磨擦，但友情是很可貴的，我們要學習互相忍讓和體諒，好好了解對方，才能和睦相處。

睡前遊戲

預備一些材料如：長繩子或絲帶、牙籤、泥膠、紙條等，與孩子一起嘗試利用這些物料做出圓形和正方形。例如用牙籤或紙條拼砌方形；用泥膠搓揑或用繩子拉出圓形等。

親子晚安故事集2

編　　寫：新雅編輯室
故事撰寫：馬翠蘿　麥曉帆
繪　　圖：伍中仁　美心　麻生圭　陳子沖
　　　　　靜宜　立雄　葉曉文　Paper Li
責任編輯：趙慧雅
美術設計：陳雅琳
出　　版：新雅文化事業有限公司
　　　　　香港英皇道499號北角工業大廈18樓
　　　　　電話：（852）2138 7998
　　　　　傳真：（852）2597 4003
　　　　　網址：http://www.sunya.com.hk
　　　　　電郵：marketing@sunya.com.hk
發　　行：香港聯合書刊物流有限公司
　　　　　香港荃灣德士古道220-248號荃灣工業中心16樓
　　　　　電話：（852）2150 2100　傳真：（852）2407 3062
　　　　　電郵：info@suplogistics.com.hk
印　　刷：中華商務彩色印刷有限公司
　　　　　香港新界大埔汀麗路36號
版　　次：二〇一八年四月初版
　　　　　二〇二三年三月第七次印刷

ISBN: 978-962-08-7013-2

18/F, North Point Industrial Building, 499 King's Road, Hong Kong
Published in Hong Kong SAR, China
Printed in China